解讀源氏物語

林水福——著

目次

素描作者紫式部

二〇二四年日本NHK大河劇《致光之君》（光る君へ）。光之君，指的是光源氏。

不過，這部大河劇的主角是《源氏物語》的作者紫式部。

有關紫式部的資料留下的並不多，因此，論者之間會有不同的說法，也是正常的。

本文擬以客觀的史實為基礎，素描紫式部的生平，希望對觀賞大河劇，以及欣賞《源氏物語》能有多一點的了解，增加些許樂趣。

貴族出身，家道中落

紫氏部的出生年月日、何時辭世？都不確定。甚至她的名字，也沒留下。日本平安朝時代（八至十二世紀）的女性，除非皇后、皇女、最高級貴族的女兒，一般是不會留下名字的。

如果在朝廷服務，便以父親或兄長的官名稱呼。《枕草子》的作者清少納言、《和泉式部日記》的作者和泉式部，都是這樣的。

紫式部的父系和母系的先祖都是攝政大臣藤原良房兄弟，系出藤原北家。到了紫式部父母這一代，屬於「受領」[1]階級，已非上流貴族。

紫氏部的父親藤原為時，是當時有名的詩人、學者。為時的祖父兼輔，有一說是《堤中納言物語》的作者。醍醐天皇時代，是紀貫之、凡河內躬恆等歌人的後援者。

紫氏部的伯父為賴，以歌人而聞名，留有家集，他的和歌，多首收入《伊勢物語》、《大和物語》，對當時新興的文學物語，似乎頗為喜歡。

後來，紫式部與父親一起到越前國（今福井縣）赴任時，為賴送小褂當餞別禮物，賦歌一首作為紀念。

紫氏部哪年出生？說法不一。大抵是九七〇年左右吧！母親早逝。紫式部少女時期，父親大約有十年賦閒在家，特別重視子女的教育。

《紫式部日記》裡回憶那段時光，提到：童年時代，父親讓弟弟惟規讀書，老是記不著，在旁邊聽講的我卻記得清楚，父親不由得嘆息道：「這孩子

---

①貴族到地方擔任國守。

要是男的就好了！」

花山天皇即位後，為時任式部丞。式部丞是式部省的官員，負責公文書的審查。紫式部這稱呼，由父親的官名而來的。

花山天皇因藤原氏的陰謀，被逼退位，為時跟著也丟了官職。之後，如前述大約十年閒散在家。由於是貴族有位階，依然有薪水可領，不至於生活無著落。

《源氏物語》裡引用的詩、和歌，依其出處有漢書籍十三種、佛典六種、歌集四十一種，以及物語、日記三種，還有其他歷史書籍。這些書籍應是紫式部少女、青春時期閱讀的，之後成為她寫作的材料。

婚姻生活——短暫的幸福、長長的怨嘆

長德二年（九九六年）藤原道長掌握政權，為時則擔任越前國受領。

這時紫式部二十七歲，陪同父親前往任職地。

以那時代而言，紫式部算是晚婚，也沒什麼「風流韻事」流傳下來，大概

不是很漂亮，也沒有特別的魅力吧！似乎還有點小性子。

紫式部在越前國待了一年多，九九八年、紫式部二十九歲的春天，留下父親，隻身回京，和四十六歲的藤原宣孝結婚。

宣孝一族與為時同為受領階級，有遠親關係。曾擔任過右衛門權佐、兼山城守，雖是受領，勢力不小。

宣孝好時髦，關係密切的女性似乎不少，也有幾個孩子了。長男只比紫式部少三歲。

宣孝個性豪放，清少納言的《枕草子》裡還有宣孝的傳聞軼事。當時，到金峰山進香時，理應穿著樸素，否則會遭神處罰；然而，宣孝卻反其道而行，衣著華麗鮮豔，驚世駭俗。又賀茂祭時擔任舞人，演出獲得好評。

另一方面，也有過因為職務疏忽，被處罰減薪的事。

宣孝應該早就認識紫式部。二人是姻親關係，當紫式部還是少女時期，有一次宣孝因方位不對住到紫式部家。黎明前宣孝偷溜進來，第二天早上紫式部作和歌送宣孝，將自己比喻為朝顏之花，雖說發生「記憶模糊之事」，應是男女情事吧！

二人結婚應是紫式部回京不久之後，長德四年（九九八年）晚秋時候吧！新婚期間二人的感情不錯。從九九九年三月三日紫式部寫給宣孝的和歌，大致可見端倪。

那年冬天，宣孝以宇佐奉幣使身分離京辦事，翌年二月安然回京時，紫式部已經生了個女兒，名叫賢子，就是後來的大貳三位。

然而，幾乎是同時，紫式部也開始嘗到身為人妻的痛苦了。丈夫宣孝「夜不歸營」。《紫式部集》裡雖有三組戀歌，其實，稱之為哀嘆歌可能較為適當！幾乎都是妻子埋怨丈夫冷淡的和歌。

例如：

「隨著秋天的到來，您討厭我了呢！」

「到底是誰說，我不會讓妳擔心我會出軌？」

「請您想起悲傷度日的我！」

等淨是這些哀怨的訴求，丈夫甚至有時過門而不入，到別的女人家去了！

還有看到庭前的撫子花，聯想到沒見過父親臉的這個孩子，心想我因為悲傷能活到秋天到來嗎？

「在等待中度日」，雖說是那時大部分妻子的宿命，而紫式部個性強烈，又有深厚的教養，頭腦又好，這樣的妻子對宣孝來說，不僅得不到希望的精神撫慰，或許更增加精神的負擔吧！宣孝的疏遠或許是無可避免的。

由於不幸的婚姻生活所帶來的心理創傷，似乎在紫氏部的內心深處留下深深的後遺症！

《源氏物語》的宇治十帖，八宮的大女兒大君強烈的不婚主義色彩，以及紫之上晚年的孤獨感和與源氏的違和感，與紫式部自身的婚姻生活不如意似乎有著千絲萬縷的關係！

紫氏部的婚姻生活僅維持三年多，一〇〇一年宣孝因流行病而死亡。享年四十九歲。

之後四、五年，紫式部以未亡人身分閉居家中。這段期間也有男士向她求婚，紫式部並未心動。為了排遣孤單寂寞，紫式部與友人之間，寫作物語，彼此觀摩，互相批評。寫作物語成了紫式部生活的重心，也是精神的支撐。

創作物語，入彰子中宮

紫式部開始創作《源氏物語》四年之後的寬弘二年（一〇〇五年）十二月二十九日[2]，應邀到一條天皇的中宮、藤原道長的女兒彰子那兒上班。

藤原道長徹底擊敗政敵兄長道隆，成為關白，掌握實際政權，讓女兒彰子入宮，當一條天皇的中宮。道長唯一掛心的是彰子年輕，一條天皇對先入宮的姪女皇后定子的愛似乎多一些。

定子身邊有才女清少納言[3]，還有天才歌人的和泉式部[4]，吸引了對文學、文化興趣濃厚的一條天皇。道長認為必須替彰子成立更有魅力的文藝沙龍，要贏過定子。

道長選中了紫式部！最大的理由可能是那時紫式部寫的《源氏物語》已有相當名氣，獲得好評吧！

當時的上流社會，以「女房」[5]名義出仕後宮，並不是什麼名譽的事，甚至認為有損父祖之名。紫式部雖然出身中流貴族的家庭，對這件事也提不起勁，然而既是道長的要求，也只能順從答應了。

剛到彰子中宮那裡，其他侍女以為她是裝腔作勢、態度高傲的人，相處一段時間後，發現她其實是態度溫和、容易相處的人。

紫式部中宮任職期間，為中宮講解白居易的〈樂府〉，讓聲音好聽的侍女朗讀《源氏物語》給一條天皇和中宮彰子聽。

一條天皇聽了誇讚說：「這個人啊，應該也讀了《日本紀》[⑥]吧！真是有才學呀！」

聽到這話的其他侍女，半是忌妒半是開玩笑，幫紫式部取了「日本紀の御局」[⑦]綽號。紫式部覺得真是可笑極了！之後，在人前儘量掩飾，裝作不識漢字。

---

②另有寬弘三年的年尾及寬弘四年的年尾之說。
③《枕草子》作者。
④《和泉式部日記》作者。
⑤平安朝時代指宮中的宮女，貴族的侍女。後來庶民稱自己的妻子。以下稱侍女。
⑥《日本書紀》原名，日本流傳至今最早的正史。大約成立於六八一至七二〇年之間，記述從神代到持統天皇為止的歷史。三十卷，漢文體。
⑦日本紀的女官。

一條天皇為了想知道《源氏物語》的後續發展，到中宮彰子房間來的次數增加了。道長的目的完全達到了。

當時高級紙張的價格昂貴，紫式部有著道長的後援，不但擁有自己的房間，筆墨硯臺、參考書等充分供應，不虞會有匱乏或不足，可以專心撰寫物語。

當時物語的鑑賞法，如上述是讀出聲音、讓人聽的。《源氏物語》大概是從寬弘三、四年（一〇〇六、一〇〇七年）之後，在後宮流行，有如以前報紙副刊的連載小說，紫式部參考讀者的迴響與希望繼續撰寫物語。

紫式部獲得至高的君王，與最大權力者藤原道長的支持，這份榮耀和信心，應是紫式部創作《源氏物語》的最大熱情之根源吧！

從《紫式部日記》管窺紫式部與藤原道長

現存的《紫式部日記》是從寬弘五年（一〇〇八年）八月開始寫起的。日常生活的各種記述中，鮮明呈現紫式部的感受性。

例如開頭部分：

「隨著秋天的風情加深轉濃，土御門殿⑧的樣子，呈現無可言喻的韻味。「水池周邊的樹梢，還有庭院裡的細小水流旁邊的草叢，都已經變了顏色，就連廣闊的天空也變得更優美，在不停的讀經聲中，有著更深一層的體悟。」

可以看出紫式部清澄的自我觀照，與豐富的詩情。

再者，從九月九日夜晚到十一日敦成親王出生為止的中宮的生產，紫式部以旁觀者的身分，精細且詳實描述鬼怪出現的情狀、祈禱僧為了降服鬼怪的怒吼、侍女們的哭泣和騷動等。

日記中，土御門邸內為了一條天皇行幸的準備樣子、行幸當天的情狀、皇子誕生五十日的慶祝宴、十一月十七日中宮回鑾後宮、五節舞姬等，紫式部觀察的眼光極為銳利，精細捕捉到參與者言行舉止的細微處。

例如：天皇的鑾輿到來時，邸內人的目光全部集中在天皇身上，紫式部卻

⑧藤原道長的官邸。

注意到抬鑾輿者肩部起伏的痛苦情狀，而覺得：「自己跟那些男子又有什麼兩樣呢？縱使身分有高下，各自精神沒有休息的時候。」反觀回照自己身上，或許這是紫式部思考形式的特徵。

日記裡，有一說是紫式部與道長的二組贈答歌：

道長見眼前有《源氏物語》，如往常隨意閒聊開玩笑之餘，看到梅樹下鋪著紙張，就順手寫下：

「妳好色之名已立，
男子見到能放過？」⑨

紫式部答歌道：

「我從未委身他人，
誰喊我是好色者？⑩
真是意外呀！」

另外一組贈答歌：

紫式部睡在迴廊的房間，聽到有人敲門聲，但因為害怕沒回應，一直到翌晨天亮。

藤原道長贈歌道：

「一整夜水雞哭泣，

如啄真木的門哪！」⑪

紫式部答歌道：

「水雞啄門非尋常，

如開門後悔莫及！」⑫

後一組贈答歌收錄於《新敕傳和歌集》，因贈歌作者是藤原道長，因而產

⑨原和歌「すき物と名にし立てれば見る人の折らで過ぐるはあらじと思ふ」。「すき物」，雙關語有「酸き物」與「好色者」二意。前者指梅酸，或者指紫式部，因紫式部寫《源氏物語》。又「折る」亦有「摘折」與「讓女人順從」二意。

⑩原和歌「人にまだ折られぬものをたれかこのすきものぞとは口ならしけん」。「口ならす」另有一意，「梅子酸，入口叫出來」。

⑪原和歌「夜もすがら水鶏よりけになくなくぞ真木の戸ぐちにたたきわびつる」，水雞叫聲如敲門聲。

⑫原和歌「ただならじとばかりたたく水鶏ゆへあけてはいかにくやしからまし」。

生道長與紫式部有私情之說。

NHK的《致光之君》中，道長與紫式部的部分應會被大肆渲染，從而與政界緊密連結，演出政爭、後宮妃子爭寵、愛情、不倫等的複雜、華麗、精彩的歷史劇吧！

紫式部的晚年與個性

紫式部究竟死於哪一年？不明。

依《小右記》記述，寬弘七年（一〇一〇年）紫式部寫完《源氏物語》與《紫式部日記》之後，仍以中宮彰子侍女的身分留在後宮，一直到長和二年（一〇一三年）九月初為止。在這期間，斷續出入後宮。

依《伊勢大輔集》記載，長和二年伊勢大輔春天參拜清水寺時，偶遇紫式部。

以《紫式部集》收錄的紫式部最後一首和歌、寬仁二年的時間推斷，紫式部大概享年四十八歲。

從《紫式部日記》裡可以看到她對同為侍女的批評，用詞辛辣，語帶諷刺，毫不留情。例如她對和泉式部的批評：

和泉式部這個人，寫的信很有意思。可是，也有讓人物議的地方。她能信手拈來寫信，有這方面的才能，有些用語看來很活潑、很美。她作的和歌很有趣。可是，對於古和歌的知識、和歌的理論，不像是真正作和歌的歌人。

隨口吟詠的和歌，必定著重在有趣這一點，以吸引人的目光；這樣的詩人，一旦要批評、指責別人作的和歌，不！她沒有這樣的能力，因為她的和歌是隨口吟誦的。

我並不認為她的和歌好到能讓人感到羞愧。

平安朝的幾部女流日記，我個人認為《和泉式部日記》寫得最好，和歌也出色。

相對的，《源氏物語》裡有七百多首和歌，然而，當時單獨被引用或評論的似乎不多？

這是因為《源氏物語》的和歌，不是從物語中抽離出來單獨鑑賞的和歌。在作品中，與整體之關連才能顯現它的作用、機妙。與其他和歌、散文的交響，表現出獨特的新意、韻味。當然，後世對於她在《源氏物語》裡的和歌，看法有所改變。

散文與和歌是對等的，互為必要，結合而成為一個作品。因此，儘管有近八百首和歌，似乎沒有人單獨評論？

此外，她對於清少納言的批評：

清少納言這個人，一臉得意，像是很了不起的樣子。似乎很聰明，能寫許多漢字，可是，仔細一看不足的地方還很多。像這樣子，希望自己比別人傑出，也擺出那種態度的人，將來只會變得不好，變成故作風流的人。

即使是很寂寞無聊的時候，也裝作深受感動的樣子，為了不想漏掉有趣的事物，態度自然會變得不好、變得輕薄吧！

變得輕薄的人，最後的下場怎麼會好呢？

《枕草子》裡主要寫的，正是清少納言對事物的感動之處。紫式部看出別人的長處，不能坦然接受，反而加以貶低。我想除了清少納言與和泉式部是皇后定子那邊陣營的，有著競爭意識之外，應該就是紫氏部的個性使然吧！

今天流傳下來的有關紫氏部的史料稀少，與紫氏部的個性、人際關係或許也不無關係吧！

創作背景

諾貝爾獎得主川端康成說，日本沒有哪一部小說可以比得上《源氏物語》。我想這是川端發自內心的話。

川端曾有一段時間深入閱讀《源氏物語》，而且，綜觀川端的作品，從《源氏物語》汲取不少養分。

然而，這一部日本人引以為傲的曠世作品，自不可能突然橫空出世，必有先行文學為其奠基。再者，裡頭寫些什麼？主題為何？我想這些都是讀者希望知道的。

物語是什麼？

或許讀者首先會問，物語是什麼？

日本文獻中，最早出現「物語」這個詞，是八世紀《萬葉集》卷七的〈淡海縣之物語〉。

而《日本書紀》、《古事記》裡出現的「語事」（かたりごと），指的是神話傳承的內容、具神聖事物者。

相對於「語事」，「物語」指的是與神聖的儀禮等無關、非正統的存在。從九世紀之後的平安朝時代，可知「物語」是與正史、實錄等次元不同的東西。「物語」對當時的貴族，尤其是女性的日常生活而言，具有特殊的意味。

物語，可用於一般的雜談，有時也有男女同衾、幽會的意思。大抵指夜深人靜之後，男女情話綿綿到天明之意為多。

「散文」適合白晝，「物語」則適合幽暗或薄明之際。

物語文學的源流

九世紀末，有「物語之祖」之稱的《竹取物語》，以平定壬申之亂的功臣為藍本。以從月世界到凡間的仙女為主角，主要情節是包括天皇在內的貴公子的求婚，穿插各種滑稽世態，或人情的微妙，漸具現實性與浪漫性。它有幾個特色：

1. 捨棄漢文體，使用當時日常會話的文體，而以假名記述。

2.內容雖有部分史實的影子，但整體而言屬於虛構性質。
3.內容以男女戀愛為主。

由此出發的物語文學，因無社會責任，具娛樂性質，用字平易，文章易懂等要素，大受女性歡迎。稱為傳奇物語。

當時應有大量的傳奇物語作品問世，可惜大部分已湮滅。今日可見的秀作有《宇津保物語》（九七〇—九八五年）、《落窪物語》（十世紀末）等。

此外，以假名書寫的創作物語，還有以和歌為主體，繞著和歌寫成的小故事，稱之為「歌物語」。有《伊勢物語》（約十世紀中期？）、《大和物語》（九五一年左右）、《平中物語》（九二三—九六五年左右）等。

此外，平安朝還有以《土佐日記》（九三五年左右）為始的日記文學。例如：十世紀後半的《蜻蛉日記》記述與權門貴公子結婚的女性，長年之間的婚姻生活。

《源氏物語》的作者紫式部，大約是《蜻蛉日記》完成之際出生的，當然讀過這本日記文學。

紫式部的閱讀範圍非常廣泛，許多傳奇物語、歌物語、女流日記文學都對她產生影響。

當然，還有中國傳來的《史記》、《白氏文集》等作品。

上述這些先行文學為紫式部奠定了良好且扎實的創作基礎。

成立的過程與時間

日本學界對於《源氏物語》的成立過程，見解不一，眾說紛紜。有人認為現行各帖的順序不是當初的順序，第一帖的〈桐壺〉卷與之後的各卷不相連貫，而有《源氏物語》是從短篇小說出發，發展成為長篇小說的說法。

也有人認為〈帚木〉卷或〈若紫〉卷才是最初的第一帖，因此，而有「原源氏物語」的假設性看法產生。

《源氏物語》的成立時間，學界也無定論。看法之一是紫式部的丈夫藤原宣孝去世（一〇〇一年）到紫式部出仕宮廷（一〇〇五、一〇〇六年）的四、五年之間，已開始撰寫《源氏物語》，由於聲名大噪，被延攬到彰子中宮，繼續撰寫。

大約成立於一〇八五年的《更級日記》，其作者菅原孝標之女，在日記中談到從繼母那兒聽到《源氏物語》的故事，而菅原孝標是一〇一七年擔任上總①守的，由此推論，在這之前貴族間知道《源氏物語》的，已經相當普遍了。

因此，全篇大概成立於一〇一〇年左右吧！

主題的時代變異

《源氏物語》的主題，各時代有不同的代表性說法。中世帶有濃厚的佛教見解，認為「成就出仕的善根」、「勸善懲惡」，或者顯示「盛者必衰」的因果道理。

近世受到儒學的影響較深，說是教導王朝的禮樂，或者說是女子的教育書等。

其中，本居宣長②提出「もののあはれ」（物哀、物憐），從抒情與感動論述文學的自律性，具有劃時代的創見。

「物哀」（もののあはれ）是什麼？

談論者不少，有的讓人覺得高深莫測，玄之又玄，愈看愈難懂。我想應看看提倡者本居宣長怎麼說。

宣長在《玉の小櫛》中說：

「一切稱あはれ的本來是，對看到的、聽到的事，心有所感發出的嘆息聲，今之俗言『啊』（ああ），『耶』（はれ）是也。（中略）後世，將あはれ寫成哀字，會讓人認為只有悲哀的事。あはれ不限於悲哀，高興的、有趣的、愉悅的、奇怪的，一切有所感的，都是あはれ。（中略）高興的、有趣的事，可以說是あはれ的很多，然而，在各種感受之中，高興的、有趣的，感受不深，悲傷的、憂慮的、愛戀的，一切不能隨心所欲的，感受必定很深，因

---

① 上總，今千葉縣。
② 一七三〇—一八〇一年，日本國學者。

此，稱あはれ的，世俗只說悲哀事，就是這個道理。」[3]

又，日本《源氏物語》專家，前國文學資料館館長伊井春樹教授的看法，不離宣長本意，或許更容易了解。他說：

「宣長所說的『物哀』，就是人與人之間共通的情感吧。對於人來說，無論是開心的時候還是悲傷的時候，都會自然而然地流露出『あはれ』之情，這就是每個人都有共鳴和感動的情感，這也是一種審美觀的體現。」

然而，一個詞「もののあはれ」是否就能說盡《源氏物語》呢？

伊井教授說：

「如果僅僅站在一個觀點上，是無法完整理解《源氏物語》的世界。我認為《源氏物語》不僅僅是體現了『物哀』的深奧情感，比之更深刻的是隱藏在作品深處的生活之道。

「《源氏物語》太過龐大，其中描述的不是一個僅僅用『物哀』就可以解釋的世界，宣長的這個說法也只能是過去的一種思考方式吧。」

再者，依據山崎良幸教授[4]所著《「あはれ」と「もののあはれ」の研究》（昭和六十一年十一月，風間書房），「あはれ」的例子，最早見於《古事記》，之後《萬葉集》、《伊勢物語》、《竹取物語》、《土佐日記》、《古今集》、《蜻蛉日記》、《大和物語》、《枕草子》等早於《源氏物語》的作品，均可見「あはれ」或「もののあはれ」的用例。「もののあはれ」並非《源氏物語》始創，只不過「もののあはれ」的用例，與上述作品相較，例子較多。

依山崎教授之見，「もののあはれ」的「もの」不是指個別存在的「物」，而是一般抽象存在的「もの」，意即超越個別的「物」而是普遍的「もの」。雖然是針對個別的「物」引起愛憐的情緒，但是這情緒將體驗的事實昇華為普遍性體驗的情緒。因此，「もののあはれ」可以是認知的對象。也就是所謂的認知的內容，也是人教養的內容。

---

③目前，個人覺得臺語說的「夭壽」最符合「あはれ」意思。

④一九三三年京城帝國大學法文學部文學科畢業，高知女子大學名譽教授，文學博士。

本居宣長提出「もののあはれ」之前的七、八百年間，《源氏物語》深受日本人喜歡，對後世的文學藝術方面有很大的影響。固然值得參考，但不必奉為唯一的理解《源氏物語》的「門徑」或「指標」。

近代之後，觀點更為多元，有描寫世態風俗、女性主義、書寫命運和時間的流逝等。此外，還有人將它作為美學存在的哲學性研究，例如和辻哲郎的「關於物哀」⑤，因此，《源氏物語》也被視為展現「美學」的作品。

在較長的執筆期間，作者的思考幾經改變，乃是自然現象。一部長達五十四帖的大作，主題呈現「動態」情狀，而非「靜態」，既自然又合理。紫式部書寫過程中，隨著自己的成長與改變，作品的主題也隨之發展。

超越時空的古典作品，具有隨時代的轉變可做不同詮釋的特性。

《源氏物語》的深沉主題：源氏與他的女人們的悲劇

以上是一般對於《源氏物語》主題的看法，我個人的觀點稍有不同。

我研讀《源氏物語》時，紫式部撰寫《源氏物語》的真正目的或者說主題是什麼？一直在腦中盤旋。

表面上描寫王朝的捉螢、繪畫比賽、管弦演奏的音樂會等浪漫又有情調的活動。還有舉行元服、慶生時的排場，多麼豪華燦爛啊！

這就是紫式部撰寫《源氏物語》的真正主題嗎？我一直抱著懷疑的態度。透過翻譯——我深入紫式部內心的世界，與紫式部的對話——我逐漸體會且確認她在《源氏物語》的世界裡，真正想寫的、想要訴說的是源氏與他的女人們的悲劇！

《源氏物語》，乍看之下主題似乎是高貴、風流、俊美的主角源氏與眾多女性之間的風流情史。

印象裡源氏憑藉著皇子高貴的身分與舉世無匹的俊美容貌，到處拈花惹草，只要看上的女性似乎是「手到擒來」左右逢迎；然而，如果聚焦於這些女性的結局，或許可以看出紫式部真正的意圖、主題！

---

⑤見《日本精神史研究》。

源氏的正室有三個，即葵之上、紫之上、女三宮。讓我們先看源氏正室們與源氏的關係及最後的結局如何。

葵之上是源氏十二歲元服時的妻子，結婚時她已十六歲。源氏在婚後經常久久不到葵之上家裡，導致十年之後，即源氏二十二歲時才有孩子。源氏十二歲結婚，或許發育尚未成熟，葵之上沒有很快懷孕，不難理解；然而，源氏十七歲夏季邂逅空蟬，秋季認識夕顏。

這說明兩人感情不好，葵之上獨守空閨的日子太多了！最後遭到情敵六條御息所生靈的襲擊而死，可憐的葵之上！

第二個妻子是紫之上。她是源氏依自己意思教養長大的，兩人感情非常好。源氏避居須磨明石期間，操持家務的是紫之上，可惜二人膝下無子，以明石之君的女兒為子，教養長大後來成為東宮妃，可謂「勞苦功高」，理應過著幸福快樂的日子。不料，女三宮降嫁源氏，紫之上不得不騰出妻的位置，心中的委屈愁苦可想而知。不僅如此，表面上還得裝作若無其事，幫忙源氏打理婚禮的籌備，如何能不病倒呢？紫之上尋求解脫之道，想出家！源氏不許，最後病死，年僅三十二歲啊！

第三個妻是女三宮，結婚時才十四、五歲，面對四十歲的丈夫源氏，還擔心挨罵。名義上是妻，實質上，紫之上才是。或許女三宮不在意，可是如果不是源氏久不來訪，又怎麼會給柏木可趁之機呢？

女三宮懷了柏木的孩子，只得出家以求解脫！枉費已出家的老父朱雀院費盡苦心的安排！年紀輕輕就開始常伴青燈，過著念佛吃齋的日子。

三個正室最後的結局，葵之上、紫之上皆早死，女三宮出家。何來幸福可言？

其次，源氏的妾有末摘花、明石之君、花散里三人。以容貌而論，明石之君應是最漂亮的，花散里其次，末摘花居末。

明石之君與源氏在明石雖有過短暫的美好時光，但是源氏返京後，長期不相見。生了女兒，卻由紫之上以女兒名義撫養，導致明石之君母女長時間各分東西，不得相見，思女之苦，怎堪聞問！

後來，女兒嫁入東宮為女御，最後成了皇后。明石之君母因子貴，總算去除了身分低微的自卑。另一方面，與源氏同宿的日子，寥寥可數，年輕女人獨守空閨的孤單寂寞日子，如何捱過？有誰想過呢？

末摘花，除了源氏起初「被騙」與她結婚，連續三夜到末摘花住處。之後，源氏自行放謫須磨、輾轉到明石這段時期，末摘花堅持等待源氏回來。後來，源氏回京，過一段時間才想起這個妾。現實生活的經濟層面，源氏照顧到了，精神方面幾乎是零。

源氏建六條院，末摘花不在裡邊，讓她住在二條東院。三個妾之中，無論容貌或實質的重要性，末摘花無疑是最低下的。源氏照顧她一生，也算得上「有情有義」！然而，人生的絕大部分時光無疑的是在孤獨寂寞中度過的。

花散里是麗景殿女御的妹妹，與源氏早有往來。桐壺院逝世後，二人受源氏的照顧。花散里與源氏並無結婚儀式，嚴格來說算不上正式的妾。但由於她個性溫柔又開朗，源氏在她那裡能獲得精神上的放鬆，得到安慰，加上元服之後的夕霧，由花散里照顧，在源氏心中占有一席重要地位。

〈薄雲〉卷描述源氏偶爾造訪花散里房間，但不過夜。

源氏建六條院，讓花散里住在夏町，並照顧玉鬘，這時妾的地位確定了。

源氏逝世後，花散里繼承二條東院遺產，安詳度日。

三個妾的結局相對的較好。沒有人出家或早逝。但是，與源氏之間少有或幾乎沒有男女關係，算得上幸福嗎？

接下來談源氏與他的情人們。源氏的情人有夕顏、空蟬、朧月夜、六條御息所、藤壺。

源氏的情人之中，與空蟬起初是「一夜情」，源氏繼續糾纏，空蟬感於有夫之婦的身分，巧妙避開，但是二人仍有書信往來。

後來，隨丈夫到任職地方伊予，與源氏分離。十餘年之後，隨丈夫從長路回京途中，在石山寺和源氏一行人相遇，彼此和歌贈答，對往事不勝感慨。

丈夫死後，為了避免繼子河內守的糾纏，空蟬出家了。為生活所苦，源氏接她到二條東院，過著念經拜佛的日子。源氏顧念往日情，給予經濟面的援助，應是源氏的優點吧！

源氏十七歲夏季與空蟬發生一夜情，秋季的一天，往六條御息所住處途中，認識了夕顏。夕顏性情溫柔，個性內向。在惟光的探聽下，只知道夕顏可能跟頭中將有關係，其餘一概不知。二人互相隱瞞身分。

八月十五夜晚，二人共度美好時光。為避人耳目，源氏帶夕顏到附近荒廢的院宅。到了半夜，夕顏被鬼怪纏身，猝死，十九歲。

朧月夜，是右大臣的女兒，花之宴的夜晚與源氏結合，藤之宴時又再見。右大臣有意讓他們二人結婚，弘徽殿太后反對。朧月夜以尚侍名義入內，雖然受到朱雀帝的疼愛，與源氏仍然暗通款曲。後來東窗事發，導致源氏避居須磨。

朱雀帝籠居西山之後，與源氏死灰復燃，共度一夜。幾年後，出家。

藤壺是源氏的後母，貌似母親桐壺。源氏元服之前常出入藤壺住處，逐漸生出愛慕之心。趁藤壺回娘家時，潛入藤壺寢室，藤壺因此懷孕。生下一子，酷似源氏，面對桐壺帝得子的喜悅，藤壺深受良心的苛責。

桐壺院駕崩之後，發生過源氏強行進入藤壺住處共度一夜的事件。藤壺念及東宮不能沒有源氏的後援，不能失去源氏，但是這樣的戀情極其危險，於是決定出家，斬斷源氏的戀情。在桐壺院一週年忌、法華八講時突然落髮出家！

三十七歲的春天，藤壺如燈燭消失般告別人世，源氏悲傷莫名。

六條御息所是前東宮妃，十六歲入東宮、二十歲時與東宮死別。由於氣質高貴，深深吸引源氏，兩人墜入情網。但御息所忌妒心強，對自己與源氏的關係感到苦惱。新齋院祓禊那天，想一睹源氏的風采，卻發生與葵之上爭道的事件，御息所受到屈辱。

葵之上懷孕後，御息所的生靈襲擊葵之上。等到葵之上生下男孩，御息所發狂，怨靈最後取了葵之上的性命。這是小三報復正宮娘娘的例子。

御息所在女兒結束齋宮的職務後回京，在六條舊宅優雅過日；不久臥病在床，出家後病死。源氏去探望，御息所將女兒託付給源氏，源氏接下養女，助她入宮，後來成了中宮，即秋好中宮。

上述源氏的五位情人當中，除了夕顏被六條御息所的生靈殺死之外，其餘的都出家了！從這結局也可以想像這些女性心中所承受的痛苦，而這些痛苦相當大的部分來自源氏應無疑義！

綜合上述，從源氏的三妻、三妾、五情人的人生經歷與最後結局來看，源氏沒有帶給女性幸福，不是理想的男性，紫式部撰寫《源氏物語》的深沉主題是源氏和他的女人們的悲劇故事，絕不止於表面的浪漫與燦爛。在唯美、浪漫與燦爛的表面下，悲劇的主題，有待讀者細細品嘗與體會。

三部結構與主要內容

有關《源氏物語》的形成與結構，如前述眾說紛紜，迄無定論。一般通論分為如下三部：

第一部：

1桐壺、2帚木、3空蟬、4夕顏、5若紫、6末摘花、7紅葉賀、8花之宴、9葵、10賢木

11花散里、12須磨、13明石、14澪標、15蓬生、16關屋、17繪合、18松風、19薄雲

20朝顏、21少女、22玉鬘、23初音、24蝴蝶、25螢、26常夏、27篝火、28野分、29行幸、30藤袴、31真木柱、32梅枝、33藤裡葉

第二部：

34若菜（上）、若菜（下）、35柏木、36橫笛、37鈴蟲、38夕霧、39御法、40幻（雲隱）、41雪隱

第三部：

42匂宮、43紅梅、44竹河、45橋姬、46椎本、47總角、48早蕨、49宿木、50東屋

51浮舟、52蜻蛉、53手習、54夢浮橋

第一部從〈桐壺〉到〈藤裡葉〉共三十三帖。

從主角光源氏出生之前開始談起。故大納言的女兒桐壺更衣，深受桐壺帝的寵愛，可謂「集三千寵愛於一身」，因此惹來其他女御、更衣的憎惡、忌妒，故意為難，導致桐壺更衣鬱鬱寡歡，終至於一病不起。

桐壺更衣生下一子光源氏，無比美貌與才氣，深得桐壺帝疼愛，其程度似乎凌駕右大臣的女兒弘徽殿女御所生的第一皇子。桐壺帝鑑於光源氏無強有力的後護人，將來或有危險，斷然將他降為臣籍。

源氏元服之日與左大臣女兒葵之上結婚，也因此有了有力的後護人，而左大臣有了天皇疼愛的源氏為女婿，聲勢甚至凌駕有第一皇子的左大臣這一派。

桐壺帝迎來貌似已逝的桐壺更衣的先帝四女的藤壺，顧念著光源氏喪母無

人疼愛，讓藤壺女御多照顧光源氏，二人因此有較多時間在一起。久而久之，光源氏竟然對年長五歲的後母藤壺萌生不該有的男女情愫。儘管在一起的次數極少，藤壺竟有了身孕，生下的皇子後來即帝位，是為冷泉帝。從《源氏物語》後續的描述看來，桐壺帝早知道這個兒子的生身父親是光源氏。故事情節的發展，後來源氏也不得不撫養正室女三宮與柏木生下的不倫之子薰。因果報應的佛教思想，由此亦可見一斑。

第一部裡年輕的源氏對喜愛的女性展開追求，幾乎是無往不利，成了許多女性憧憬愛慕的對象。源氏交往過的女性除了藤壺的姪女若紫，還有空蟬、夕顏、末摘花、朧月夜、六條御息所、朝顏、明石之君，塑造出一副「好色者」的形象。有人認為這部分仿《伊勢物語》的主角「從前有一男子」的在原業平。

就結構而言，第一部的前半，一帖或二帖各自獨立，故事發生的時間有重疊的，也有雖逆行卻又並列的，難於認定從開始就是依帖序撰寫的；然而，從整體看來，應可說是有大起伏的長篇物語的構造。

例如：〈桐壺〉帖中，高麗看相人對光源氏的預言：

「我看這孩子的相貌，應該可以當一國之君。只是要是當了國君，國家恐會發生動亂，人民受苦。要是當朝廷柱石，輔佐天下政治之相看待，卻又與相貌不符。」

與此對應的第五帖〈若紫〉的占夢：

藤壺懷孕後，源氏也作了許多奇怪的夢，於是找來解夢者尋求夢的意義。解夢者說源氏將成為天子的父親。又說：

「不過，幸運之中也有挫折，要小心謹慎！」

再者，第十四帖〈澪標〉帖，宿曜（占星）師對源氏預言：

「您有三個子女，一定會生當皇帝和皇后的，其中運勢最差的孩子，當太政大臣也是位極人臣了。」

對照後來的發展，源氏與藤壺所生的不倫之子即位為冷泉帝，女兒明石之姬君當上中宮，兒子夕霧最後當上太政大臣，可說完成應驗了。由此看來，《源氏物語》自始即為長篇的構想，也有幾分道理。

〈花之宴〉之後，〈葵〉、〈賢木〉、〈須磨〉等帖，寫的是源氏失意被流放到須磨，承襲了日本古來的「貴種流離譚」的形態。就大框架而言，第一部承襲了「貴種流離譚」的故事結構，但深入內部細看，包含繼子物語、求婚譚、住吉信仰、北野信仰等要素。除了基於古代政治機構的各種形態之外，古代信仰、民間傳承等，也深深投影在《源氏物語》之上。

冷泉帝即位後，知道自己親生之父是源氏，多次欲讓位給源氏。源氏堅持以臣下身分輔弼的立場，冷泉帝最後賜以准太上皇的地位。源氏的社會、政治地位扶搖直上，以四季概念營造極其雅緻的六條院，將心愛的女性遷居這裡，表面上是大團圓，大家過著融洽幸福的日子。然而，六條院的內部已經開始崩潰。

第二部是從第三十四帖〈若菜〉（上）到第四十一帖〈幻〉共八帖。

朱雀院生病後的出家意願甚為強烈，又顧念鍾愛的皇女女三宮的終身大事。幾經思索，最後認為唯有委託皇弟源氏照顧最為妥當。源氏四十歲的那一年春天，迎女三宮到六條院。皇女降嫁源氏，表面風光，卻是六條院崩潰的開始。

六條院的穩定與和諧，靠的是源氏與紫之上的彼此信任與互愛。源氏將與明石之君所生的女兒明石之姬君從須磨接回六條院，以紫之上女兒的名義撫養，後來入內為太子妃。太子妃生下皇子，將來即帝位，可以保證源氏一門的繁榮。在這件事上紫之上的功勞不可謂不大。

平安朝的婚姻制度是「一妻多妾」，妻即正室，地位超然，與妾不可同日而語。源氏迎若紫於北山，自幼教養成理想的伴侶，二人感情之深，不言可喻。長久以來紫之上穩坐正室之位，從未想過有朝一日會掉落為妾。然而，源氏迎女三宮，紫之上的正室位置不得不挪出來，心中所受打擊之大可想而知！表面上還得擺出雍容大度的樣子，替源氏料理迎娶事宜。

源氏迎接女三宮進門之後，對她缺乏才智的不成熟感到失望，更加了解紫之上的可貴；然而，面對朱雀院也不能怠慢女三宮。為了公平對待雙方，源氏感到身心俱疲。

明石之姬君入內為東宮妃，翌年生下皇子，確保源氏一門的繁榮富貴。感於身分低下、一向自卑的生母明石之君，因外孫的誕生提高了身分，多年的隱忍生活有了回報，在六條院過著滿足幸福的日子。

而沒有為源氏生下一兒半女的紫之上，雖然受到大家的無上尊崇，也自覺並非因此可以在六條院安然無憂，心裡的壓力倍增。紫之上終於病倒時，是源氏四十七歲的春天。紫之上想出家，源氏不允許，最後，在源氏的看護下撒手人寰。

源氏為了籌備朱雀院五十歲的祝賀宴，從前年起教導女三宮彈琴。正月十九日，源氏召集包括女三宮在內的女性音樂名手於一堂，舉行演奏會，呈現六條院文化的極致。

這之後，紫之上病倒了！移居二條院養病，一度暈倒。醒來之後，病情一進一退，不得痊癒。源氏忙於照顧紫之上，冷落了女三宮。

早就對女三宮情有獨鍾的貴公子柏木，聽說女三宮受到冷落，大抱不平，對女三宮的感情遽增。源氏四十一歲的三月，青年貴公子在六條院蹴鞠，柏木偶然間窺見女三宮，陷入狂戀的狀態。這一陣子源氏為了照顧紫之上，很少到女三宮住處，遂予柏木可趁之機，女三宮懷孕了！

源氏晚年又得一子，受到周遭的祝福，內心卻飽嘗被戴綠帽的痛苦，又面臨不得不撫養不倫之子，深深體會到因果報應之理。極盡世俗榮華的六條院世界，內部的崩壞、空洞化的戲曲已然開始上演了。

柏木得知源氏知道自己私通女三宮一事，嚇得一病不起；而女三宮最後出家想了卻俗世的塵緣。源氏思前想後，最後同意她出家。朱雀院雖已出家，還專程下山為她剃髮。

源氏的嫡長子夕霧，對柏木的遺孀落葉之宮，從憐憫轉為強烈的愛戀，終至於以強硬手段帶回家。

失去最佳伴侶的源氏，五十二歲這一年也萌生出家之意！

第三部，即從〈橋姬〉到〈夢浮橋〉的所謂「宇治十帖」，加上之前的〈匂宮〉、〈紅梅〉、〈竹河〉三帖。

對於〈匂宮〉為始的三帖，有人懷疑並非紫式部原作，理由是文體與用語，較無光彩，主題稍混亂、曖昧。但今井源衛認為如〈竹河〉卷亦可見紫式部獨特的深入而尖銳的人生洞察，用語方面也具有個性，是《紫式部集》才能見到的，因此，認為是紫式部原作。

第三部主要舞台是寂寞的山村宇治。這裡住著先帝的皇子八宮，妻子早逝，留下三個女兒。

形式上，薰雖是第三部的主角，但或許是生為不倫之子，背負著「原罪」意識，不像他父親源氏有著輝煌的戀愛遍歷。個性優柔寡斷，對於所愛之人，缺乏果決的行動力與執著。

相對的，明石之姬君所生之子匂宮熱情有餘，只要喜歡，不管對方是否有屬意之人，便不擇手段以求得手。

薰，長大成人後到宇治向八宮學習佛道，卻愛上其大女兒大君。翌年八宮辭世，遺言請薰照顧女兒們，薰喜歡大君，大君卻希望薰能與中君結婚。薰又將中君介紹給匂宮，大君心痛終至一病不起。

匂宮迎中君到京城。薰雖懷念大君，卻纏著中君不放，中君介紹異母妹浮舟給薰。

貌似大君的浮舟，薰在宇治將她金屋藏嬌，不時前往探望。

不意這事被匂宮探知，微服到宇治，模仿薰的聲音潛入浮舟寢處，成就好事。之後，不時偷偷到宇治探望浮舟。

有人接近浮舟這事被薰察覺，要莊園武士嚴加戒備，不讓外人靠近，準備迎浮舟到京城。匂宮得知，也準備接浮舟到京城。

浮舟夾在兩個男人之間，左右為難、痛苦不堪，無法可解，最後決定投身宇治川，以求一了百了。

浮舟命不該絕，昏倒樹蔭下時被路過的橫川僧都救起，恢復意識後，為斷絕俗世的愛慾，乞求僧都幫她剃髮為尼。

後來，薰聽說浮舟尚在人間，派浮舟的弟弟持信探望；浮舟閱信痛哭，但是最後仍未與弟弟相見。

薰不相信浮舟已死，認為是有人將她藏起來了。故事到此結束！

如上述浮舟最後連薰、親弟弟都不想見，唯一想見的只有母親。《源氏物語》最後到達的地點——對母親的愛——似乎又回到人的原點。這或許意味著浮舟雖已站在佛教信仰的門口，仍對根源的人性再確認。

《源氏物語》內容「博大精深」，研究者從繪畫、書道、音樂、歌謠、服飾、薰香、家具、遊戲、顏色、書信、庭園、自然美、容貌美等各方面深入探討。一般讀者，當作長篇愛情小說閱讀，會覺得逸趣橫生，往往愛不釋手！

女性素描

《源氏物語》的主角是源氏，因此，所描繪的女性，當然都與源氏有密切關係。這些女性共同建構了源氏複雜、多彩卻又充滿遺憾與殘缺的人生。極端地說，是這些女性共同塑造了源氏的人生。

再者，平安朝時代的婚姻制度是「一妻多妾」，無論妻或妾都要經過「結婚儀式」才是正式夫妻。而那時的社會風氣極為開放，男女交往相當自由。已結婚的男性貴族有異性朋友，是稀鬆平常事。

且讓我們從與源氏關係密切的女性一生的生命歷程開始了解。

葵之上：第一位正室，夫妻感情不睦，被生靈襲擊而死

葵之上是源氏十二歲元服時的結髮妻子，年長他四歲。二人感情不睦，源氏常藉故不到葵之上的娘家。

兩人結婚十年之後，才有第一個也是唯一的兒子夕霧。這並不是說源氏在這段期間對女性毫無興趣。證據在於源氏十七歲的夏季邂逅空蟬、秋季認識夕顏。兩人的主要問題在於個性不合，找不到兩人之間的和歌贈答，似乎也說明

了彼此的不來電。

葵之上的父親左大臣，費盡心思、軟硬兼施，讓源氏留宿家中。好不容易葵之上終於懷孕了，這時兩人已經結婚十年了。

朱雀帝即位，依慣例更換齋宮（侍奉伊勢神宮）和齋院（侍奉賀茂神社）人選，通常二者皆由未婚的皇女擔任。這次新齋院是弘徽殿女御的女兒三之宮擔任，四月舉行第二次祓禊[1]，場面較以往盛大，朱雀帝特別下令要源氏參加供奉的行列。皇宮內，無論男女老幼大家都想一睹源氏的風采。

已懷孕的葵之上在侍女們百般要求下才參觀祓禊的行列。隨從人數眾多，不巧遇上也來看熱鬧的源氏情人之一的六條御息所一行人。六條御息所在丈夫前東宮逝世後，與源氏交往。源氏對她的態度冷淡，六條御息所本來準備和女兒一起到伊勢之國，臨行前想再一睹情人風采，於是微行，將牛車停在一條大路上。

葵之上與六條御息所的隨從為爭道而起了爭執，御息所這邊寡不敵眾，被

① 神道忌汙穢，潔淨汙穢稱祓禊。

逼到人牆之外，以充滿屈辱、滿懷怨恨的眼光注視著源氏。

夏季，葵之上被不明物體附體。後來才知道是御息所的生靈，把源氏嚇得冷汗直流，才真正體悟到女人怨恨的可怕。八月葵之上生下兒子夕霧，再度被御息所的生靈襲擊而死。

紫之上：源氏最佳伴侶，卻鬱鬱寡歡病死

第二年春天，源氏十八歲時，患了瘧疾到北山請求施以加持，無意中發現一位與祖母同住的女童。源氏被女童清純之美吸引。很快打聽到女童是藤壺之兄兵部卿之女，長得很像藤壺，源氏費盡心思終於將她帶回家，以養女身分養育。

源氏二十二歲時，正室葵之上逝世；源氏捨不得女童嫁予他人，遂與她結為夫妻。她，就是後來占據源氏人生非常重要部分的紫之上。

翌年，桐壺上皇駕崩，今上朱雀帝的外戚右大臣勢力大增，逼壓源氏及左大臣這一派。屋漏偏逢連夜雨，某夜，源氏誤闖朧月夜香閨，有了一夜姻緣！

這下闖了大禍，因為朧月夜是政敵的妹妹。事跡敗露之後，源氏走避須磨。二年半後，源氏獲准回京。這段期間家中事務，全賴紫之上掌持，勞累可想而知。

源氏謫居須磨期間與明石之君結婚，生下一女明石之姬君。這對無一子半女的紫之上而言，無疑的是一大打擊。源氏顧慮到女兒的將來，將她接到京城，以紫之上女兒名義撫養。

源氏三十二歲時，建造了象徵權勢的豪宅六條院，分春夏秋冬四町，將心愛的女性集中在這裡，以紫之上為春町的女主人，最受重視。

源氏四十歲時，朱雀院十四歲的女兒女三宮下嫁源氏。女三宮身為皇女，源氏當然必須以正室地位迎娶，這麼一來紫之上只得將六條院女主人的位子騰出來，不僅如此，還要祝福兩人的婚姻以及協助籌辦婚禮。紫之上內心的委屈痛苦，不言可喻。因此而有出家之意，源氏不允許，不久紫之上就生病了。源氏雖悉心照顧，終究無法化解紫之上內心的孤獨與痛苦。紫之上最後踏上了死亡之路。

紅顏薄命，紫之上雖也有過一段甜蜜美滿的生活，內斂的個性將所有愁苦深埋心底，到了極限，終究逃不過死亡一途！

女三宮：與柏木私通，生下不倫之子薰，出家度餘生

朱雀院出家後，擔心年輕的女兒女三宮無人照顧，思之再三，最後託付給弟弟源氏。源氏迎娶女三宮，納為正室。那一年源氏三十九歲，女三宮只有十四、五歲。

女三宮過於年輕，稚氣未脫。老夫少妻，各方面配合得不是很好。源氏對於迎娶女三宮，雖有悔意，但礙於身分，表面上、形式上尊重女三宮為正室；實質上，源氏對紫之上的信任依賴程度有增無減。

貴公子柏木早就對女三宮有愛慕之意，但因為地位太低不被列入考慮的人選。當他聽到女三宮的實質地位不如紫之上，甚為憤慨，大表不滿。聽到女三宮與源氏不合的傳聞，更是同情女三宮，為女三宮抱不平，希望有機會能安慰伊人芳心。

女三宮降嫁源氏的第二年三月下旬某日，年輕貴公子在春殿前院蹴鞠，女

三宮從房間的窗簾縫隙觀看時，有一隻小貓被大貓追趕著從窗戶跳出去，脖子上的繩結勾到窗簾的一角，窗簾向上捲起，讓柏木無意中窺見女三宮的芳影，自此陷入狂戀。

四年之後，紫之上病重至臥床不起，源氏忙著照顧紫之上，多日未到女三宮住處，遂予柏木可趁之機，在侍女、小侍從的幫忙下，和女三宮成就好事。沒多久，女三宮懷孕了！後來，源氏知道這件祕密，飽嘗憤怒與痛苦焦急的滋味，想起從前與藤壺之間的孽緣，深深體悟到因果報應的痛苦。

話雖如此，源氏懷中抱著幼兒薰的時候，受辱的憤恨依然無法平息。有一次，酒宴中，源氏與柏木相對，源氏目瞪柏木，說出一番諷刺話語。柏木心生愧疚又怕源氏報復。

女三宮因此決定出家，朱雀院雖已出家，還下山來為女三宮剃髮。柏木在病床上得知薰的出生與女三宮的出家，日夜為自己犯下的罪行感到苦惱，認為這種苦惱唯有死亡才能解除，就此一病不起，撒手人寰。

對女三宮而言，柏木攪亂了她的人生，是可恨可怨的男人，然而，他為了自己將生命燃燒淨盡，如此深情又讓女三宮感動，懷念不已。

出家，在平安朝而言，代表著捨棄過往的人生，重新生活。隨著出家，以前所犯的種種過錯一筆勾銷。女三宮出家後，源氏對她有了愛戀之意，女三宮一心向佛，無意改變既有的生活方式。

藤壺：與源氏生下不倫之子，出家度餘生

源氏的生母桐壺更衣，由於出身低微，娘家的政治實力不足，生下如玉的源氏之後，遭受其他妃子極大的排擠與羞辱，在這種惡劣的環境下，終於一病不起，在源氏三歲時撒手人寰。

藤壺是先帝的第四皇女，桐壺帝迎她入後宮的主要原因是她貌似桐壺更衣。藤壺入宮後，桐壺帝鬱悶的心情得以舒展，成為桐壺帝的新寵。

桐壺帝臨幸藤壺住處常常帶源氏同行。源氏聽說藤壺貌似已逝生母，逐漸產生愛慕情愫，而藤壺對舉世無雙俊美的源氏也萌生男女之間的愛戀心情。兩人年齡相差只有五歲，發展成為男女感情也是自然的事。

源氏十二歲時舉行元服儀式，與左大臣的女兒、年長源氏四歲的葵之上結

婚。成人之後的源氏不得隨意出入藤壺住處，兩地相思，反而激起愛戀的火花。對源氏而言，藤壺是父親的愛妃，容不得自己做出有違倫常之事，只得將這份愛意藏在內心深處。

紫式部並未正面描述藤壺，以暗示手法描繪藤壺，意即透過身為源氏的初戀對象，讓讀者發揮想像力，塑造心中的理想樣貌。

源氏趁藤壺回娘家之際，得償宿願，與藤壺共宿一宿。沒料到，藤壺竟然懷孕了！兩人之間的兒子，後來即位為冷泉帝。

源氏二十三歲那一年，桐壺院駕崩。臨終前留下遺囑，要朱雀帝善待源氏，要源氏為東宮（即藤壺與源氏之子）後護人。

源氏後來數次偷潛入藤壺所在的三條宮，想再續前緣，都被藤壺躲開了。藤壺苦思之餘，為了讓源氏死心而又不破壞彼此的顏面與地位，唯有捨棄自身的軀體，因此，在桐壺院一週年忌法事結束、「法華八講」結束的最後一日，突然出家。

冷泉帝即位之後，源氏以輔佐大臣的身分效忠藤壺，對冷泉帝表現出忠心耿耿的情操。然而，私下場合，屢次流露出欲打破藩籬的態度，藤壺故意裝作不知道，或冷淡以對。其實，內心深處對源氏依然一往情深，對源氏盡力輔佐冷泉帝也滿懷感謝之意。

藤壺得到准太上天皇的待遇，潛心修佛安度餘生。三十七歲那年結束了她的一生。

末摘花：醜女情深，源氏照顧一生

到這裡為止，源氏交往過的女子，各有特色。有的具有成熟婦人的風韻，有的散發出青春少女的活潑氣息，清純中帶有幾分羞澀。整體而言，可說各個都是容貌出眾的女性。

不過，夜路走多，終有馬失前蹄的時候。

末摘花，紅花的異稱。末摘花身子長，鼻子也特別長，還下垂，有點像大象的鼻子，鼻端紅紅的，因此被稱為末摘花。

末摘花雖醜，卻系出名門，父親是親王常陸宮。父母逝世後，家道中落，以古樂器七弦琴為唯一伴侶，過著孤單寂寞的日子。

名叫大輔命婦的侍女，以三寸不爛之舌，向源氏大肆吹捧末摘花，源氏竟然心動了。源氏在一個月色很美的春天夜晚，在大輔命婦引導下，悄悄探訪常陸宮邸，躲在屏風後邊偷聽末摘花彈琴。

末摘花的琴藝並不高明，彈奏時間如果太長，難免會被源氏聽出破綻。命婦於是找理由不讓末摘花彈奏太長避免露出馬腳，而源氏內心已有先入為主的好印象，聽了末摘花簡短的彈奏，意猶未盡，反而覺得有深度有內涵，對末摘花更是一往情深。

另外有一個促使源氏非將末摘花得到手的原因是，好友也是競爭對手的頭中將也來插一腳，寫情詩給末摘花。源氏不服輸，對末摘花的追求，更加一把勁。

八月底，源氏在命婦巧妙的安排下，心願得償，與末摘花共度一宿。然而，無論源氏說什麼甜言蜜語，末摘花都默不吭聲，實在太煞風景。源氏先前的幻想期待都化為烏有，覺得索然無味。那時的同寢共枕，都在黑暗中進行，看不清彼此的面目。源氏憑感覺與觸覺，實在找不出逗留的理由，等不及天亮就匆匆打道回府。

依平安朝習慣，男女共枕後，男方回家之後應儘速寫情詩的和歌給女方，表達多麼想念之意。源氏提不起勁，拖到傍晚才勉強寫就送過去。末摘花不知如何回覆，由侍女代擬。贈歌內容古板，源氏大失所望。

在一個下雪的冬夜，源氏造訪了末摘花，一夜溫存。翌日清晨，在雪的亮光下，仔細一瞧枕邊人，才看到在蒼白瘦得像馬臉上邊，有著極不相稱的長鼻子，而且鼻頭還紅紅的。跟她說話，又是一副忸怩樣子。

源氏看清這等容貌，真是倒足了胃口，額頭過於寬大，下巴特別長。瘦削的肩胛骨凸出，根根可數，穿著又非常不合時宜。源氏雖然失望，卻依然照顧末摘花的生活。

源氏避居須磨期間，末摘花沒了源氏的援助，生活陷入困境，廣闊的庭園裡雜草叢生，成了狐狸棲息之地。末摘花猶守著舊邸，等待源氏回京。

末摘花的阿姨要她到自己家裡當女兒的侍女，又將她身邊的侍女帶走，讓末摘花形同失去了手腳，連生活起居都成問題。

源氏回京的第二年夏天，才來探望末摘花，看到庭院的雜草，幾乎腐朽的簾子……源氏看到末摘花在這麼困苦的情況下還一心一意等著自己，大受感動，下決心今後一輩子要好好照顧她。

這就是紫式部筆下的源氏，也有異於常人的有情有義的地方！

明石之君：患難夫妻，老年情深，母因子貴

明石之君是居住播磨國明石地方的前播磨守、後來出家稱明石入道的女兒。

源氏朝廷政爭失敗後，離開京城到須磨海邊過著失意黯淡的日子，大約一年左右才有機會認識明石之君。

三月上旬的某一天，源氏在海邊舉行修禊儀式，忽然落雪，又遇暴風雨，感到異常疲憊，朦朧之間睡著了。夢見已逝桐壺院告誡他宜速離開須磨。翌日，明石入道依神的託付來迎源氏。

這個明石入道，本是京都人士，其父曾擔任過大臣，妻為中務親王之孫女，系出名門。然而，家道中落，自請擔任受領到播磨國上任。任期結束，入

道不回京城，留在明石，過著豪華奢侈的生活。

獨生女明石之君出生前，夢見女兒將為國母。入道希望這個夢成真，常向住吉明神祈願。神明告訴他要迎源氏到明石。入道主動訪源氏，迎源氏到明石。

入道朝夕陪伴源氏，演奏音樂以娛源氏，介紹女兒給源氏認識。明石之君出落得雍容華貴，舉止優雅，隨著見面次數的增加，源氏對明石之君愈來愈傾心。明石之君心裡不安，認為彼此身分懸殊，源氏或許只將自己當成落魄時的安慰對象，並未當成妻子。

二年半之後，源氏獲准回京。這時明石之君已經懷孕。不久，順利產下一女。源氏大喜，選派優秀乳母到明石，嬰兒滿五十日時，也遣使祝賀，贈送豐厚的賀禮。

源氏屢次催促明石之君攜女兒入京，明石之君始終不答應。女兒三歲時，攜女遷居嵯峨的大堰山莊，與已出家的母親同住。

源氏欲迎明石之君母女入住二條院，明石之君堅拒。源氏希望女兒將來能當皇后，委由紫之上以養母身分教養。明石之君為了女兒將來的幸福及家門的榮耀，忍痛送出愛女。

四年後，源氏建六條院，迎明石之君入住冬之町。這時，明石之君仍不得與女兒相見，連女兒著裳儀式亦不得以生母身分列席。到了女兒十二歲入內為東宮女御，始能入內照顧女兒，留在宮中。一別九年，再見女兒時不禁淚流滿面！

明石之姬君懷孕生下一子，明石之君仍然謙虛待人，與紫之上相處和睦。深受周遭人的喜愛與尊敬。

明石之君是源氏妻妾中，極少數獲得「善終」的；然而，母女生離的痛苦又豈是常人所能體會的！

花散里：平淡夫妻，照顧後代，安詳一生

花散里，即是桐壺帝在位時麗景殿女御的妹妹三之君。由於姐姐的緣故，她常出入宮中，才有機會與源氏交往。

桐壺帝逝世，朱雀帝即位，外戚的右大臣及其母后弘徽殿女御掌握大權。

不久，源氏與朧月夜的醜事敗露，弘徽殿女御欲借此機會羅織罪名，打擊源氏。翌年春天，源氏不得已離開京城，放逐到須磨。

源氏到須磨之前的這段不得意的黯淡日子裡，常去的地方就是花散里的住處。本來源氏解悶的對象是麗景殿女御，和她共話桐壺帝生前往事。然而，夜深人靜後，源氏卻潛入麗景殿女御妹妹三之君的房間。後來，稱三之君為花散里。

花散里的容貌等，物語中並未描述，似乎是次要人物；但是，從另一個角度來看，源氏與她見面次數雖然不多，卻未曾間斷，這表示對源氏而言，花散里是個值得信賴的人，從她那兒可以獲得安慰。

源氏二十九歲時，官升內大臣，建豪宅，迎花散里，將長男夕霧交由花散里照顧。

〈薄雲〉帖描述源氏三十二歲時偶爾到花散里處探望，但並未過夜，可見二人的肉體關係極為淡薄，花散里坦然接受。

源氏三十五歲時建六條院，分春夏秋冬四町。源氏安排花散里住在夏町，說明她在源氏心中的重要地位。源氏接夕顏的女兒玉鬘到六條院，也交由花散里照顧。

源氏三十六歲這一年的元旦，花散里身著源氏贈送的衣服迎接他，這時的花散里已是容顏衰老。

夕霧在好友柏木逝世後，奪取其遺孀落葉之宮，令源氏深感痛心。這件事，夕霧在源氏面前三緘其口；然而，他跟花散里卻無所不談，想透過她取得源氏的諒解。

源氏死後，花散里繼承二條院邸東院的遺產，度過安詳的晚年。

綜觀花散里與源氏的一生，年輕時雖有夫妻之實，大部分時光中，花散里扮演著為源氏照顧後代的角色，也是極少數源氏妻妾中，獲得「善終」的一位。

六條御息所：氣質高傲，忌妒心強，以生靈、死靈殺死情敵

「御息所」本為天皇休息之處，衍生為侍候天皇的女御、更衣，有時甚至包括受天皇寵愛的宮女。這裡的「六條御息所」指的是東宮妃。

六條御息所十六歲那一年嫁給東宮為妃子，不意四年後東宮辭世，命運隨之大逆轉。撫育東宮留下的女兒，過著孤單寂寞的生活。

源氏與六條御息所交往的過程，《源氏物語》裡並未具體描述，總之，兩人是男女情侶。以平安朝而言，這是普遍現象，不存在著現代所謂劈腿的問題。

六條御息所出身望族，自幼受到良好的教養，全身散發出高貴的氣質。源氏被她高貴的氣質吸引，但也因此形成二人關係上的障礙。因為一個接近完美無缺的女性，其本身對男性而言，或許就會形成一種壓力。如果生性又高傲，男性只會從她身上感受到壓力與緊張，很難獲得精神上的抒解慰藉，久而久之自然敬而遠之。

六條御息所在新齋院祓禊的那一天，想一睹源氏的風采，微服出行，搭乘太子妃專用的牛車。在一條路上，與葵之上的車駕碰上，互不相讓，御息所敗下陣來，感到無比的屈辱。

葵之上懷孕後，似乎被鬼魂纏身。接近生產期，源氏看到葵之上不但臉型樣子變成六條御息所，連聲音也一模一樣，口中怨言連發。這時源氏知道是御息所的生靈作祟。而御息所在打盹的夢中，驚見自己走出府邸，坐在葵之上的枕邊，還打了她一記耳光。醒過來時，發現自己的袖子沾染了葵之上祈禱時燒護摩木的香味！

最後御息所的靈魂出竅，跑到葵之上住處，取了葵之上的性命。

御息所的女兒被選為齋宮，御息所決定陪女兒南下伊勢，離開傷心地，並藉以避開源氏。御息所快要離開都城的某天夜晚，源氏主動前去探望御息所，二人互贈和歌，一夜溫存，過往的所有誤會都冰釋了。

御息所晚年，臥病在床，源氏前往探望，御息所將女兒託付源氏，可見御息所深愛源氏。源氏收御息所的女兒為養女，後來送入冷泉帝後宮，靠著源氏的支持最後晉升為中宮，即秋好中宮。

源氏建六條院，以秋之町為秋好中宮娘家住處。

源氏與六條御息所這對歡喜冤家的感情，期間的糾葛，真是一言難盡啊！

源氏不隨便拋棄任何與自己交往過的女性，甚至照顧她的後代，這也是源氏沒有女性怨恨他的原因之一吧！

空蟬：與源氏一夜情，卻情牽一生

首先，源氏十七歲的夏季，細雨綿綿的某一個夜晚，在宮中值班時和幾個貴公子朋友「雨夜論女性品級」，大談特談交女朋友的經驗。其中，中品女性——具獨立自主的個性，屬中級貴族的女性——牽動了少年源氏的心弦。因為這是源氏在宮中不易接觸到的女性。

第二天，源氏以方位不對為由借宿紀伊守府邸，以半強迫、半無賴的方式，和紀伊守父親的後妻空蟬譜下一夜情。

空蟬面對著全身散發出年輕男子青春活力的源氏，雖也有委身於他的念頭；另一方面也自覺身為人妻的身分，雖有恨不相逢未嫁時的遺憾，卻也堅守人妻的界線，硬壓抑下對源氏的思慕，對源氏屢次的糾纏，始終未曾心軟而讓步。

空蟬儘管拒絕源氏，卻又擔心被誤會是鐵石心腸的人，源氏要是不再眷戀自己將是多麼寂寞呀！空蟬對源氏有著無限的思念，礙於身分，唯有藏在內心。

十數年過後，空蟬隨丈夫從任職地東國回到京城途中，於逢坂關巧遇要到石山寺參拜的源氏一行，二人互贈和歌，表達無限思念情意。這時源氏官拜內大臣，空蟬深感身分懸殊之苦。空蟬丈夫常陸介病亡，空蟬隨之出家。

數年後，空蟬女尼受源氏庇護，遷居二條東院之一隅，潛心向佛度過安靜餘生。源氏與空蟬的愛戀雖屬於「一夜情」形態，卻彼此思念，源氏照顧空蟬餘生，這是源氏人格的優點吧！

夕顏：謎樣女性，與源氏偶遇卻猝死

大約同一年的春秋之際，有一天源氏在探訪六條御息所的途中，順路探望在五條町養病的大貳乳母。等候開門時，看到西鄰貧家有一女性也往這邊瞧。斜坡矮牆上、鮮綠蔓草中的點點白花，薄暮時分尤其顯眼，這位女性就是夕顏。

夕顏個性內向，性情溫柔，根本不知道眼前男子的底細，就委身於他。源氏與夕顏的交往，身心都感到無比的舒適愉悅，很快成為夕顏的愛情俘虜。

八月十五日月圓之夜，源氏將夕顏帶到附近某人家的住處，準備好好享受偷香之樂。不料，到了半夜，源氏夢見一美女口發怨言，想要叫起睡在身邊的夕顏。源氏驚醒，微光之中，只見夕顏渾身哆嗦，臉色蒼白。源氏拔出長刀，出去呼叫侍衛，下令拉除魔之弦。再回到寢室一看，夕顏已經斷氣了。紙燭燈光下，看到御息所的影子一閃而過。

源氏悲傷之餘，臥病在床，度過一個寂寞黯淡的冬季。後來打聽到夕顏與頭中將曾交往過，並生有一女。頭中將不願承認夕顏是其妻妾，又受到來自中將正室家的威脅，只好藏身乳母家。

「雨夜論女性品級」時，頭中將曾說有一妻產下一女之後行蹤不明。這妻子就是夕顏，所生女子經過多年流浪之後，回到源氏的六條院，就是玉鬘。

朧月夜：多年小三，由激情轉為平淡

源氏是個多情種子，處處留情。

有一年的春天，櫻花宴之後，源氏微醺下糊里糊塗竟然和朧月夜發生了關係。那一年源氏二十歲，朧月夜只有十五、六歲，正是荳蔻年華，全身散發出無比的青春活力，難怪源氏墜入溫柔鄉。

一夜醒來，彼此都不知對方的名字。後來源氏打聽到，又共度一宿。事跡敗露，朧月夜的父親右大臣有意將朧月夜嫁給源氏，但是，弘徽殿女御堅決反對，這門親事也就不了了之。

朧月夜接任尚侍，很快獲得朱雀帝的寵愛；然而，源氏與朧月夜二人並未因此而斷絕往來，戀火反而更加熾烈，仍繼續幽會。朱雀帝雖然知道朧月夜與源氏二人有過交往，仍然深愛著朧月夜，也未捨棄與源氏的兄弟之情。

有段時間朧月夜因病回娘家靜養，源氏逮到這機會，幾乎每晚都與朧月夜偷情。不料有一晚因大雷雨而留宿，卻被右大臣逮個正着。身為姐姐的弘徽殿太后大為震怒，認為源氏不僅侮辱了右大臣，也對朱雀帝不敬，欲藉此將源氏置於死地。源氏也察覺到自身處境的危險，於是離開京城，避禍到須磨地方。

二年半後源氏重返京城，而朧月夜也因朱雀帝出家回到右大臣娘家。源氏又去找朧月夜，然而，畢竟年紀不同，心境也不一樣，往昔的熱情再也燃燒不起來了。

七年之後，朧月夜出家了。

朧月夜對情夫源氏多年未忘情，是少見的例子；而朱雀帝容得下自己的女人與臣下的弟弟分享，在平安朝或許不算是「大事」。

浮舟：夾在薰與匂宮之間左右為難，投水自盡

《源氏物語》第三部是從〈匂宮〉卷到〈夢浮橋〉，共十三帖。〈橋姬〉卷以下的十帖，以宇治地方為故事的舞臺，習慣上稱「宇治十帖」，主角是源氏的子孫。

背負著暗黑宿命出生的薰，長大後愛上宇治八宮的女兒大君，可惜郎有情、妾無意，大君反而想撮合妹妹中君和薰。薰意不在中君，將中君介紹給匂宮。

中君和匂宮兩人結婚了，但是，這件婚事並不美滿，大君為此心痛病倒了，最後在薰的看護下撒手人寰。

失去大君的薰，轉而糾纏中君，希望從中君身上捕捉大君的影子。中君在

不勝其擾的情況下，介紹了異母妹浮舟給薰。

薰對貌似大君的浮舟，疼愛有加，讓她住在宇治，時時往訪。不久，這件事被好色的匂宮知道了，竟然背著薰，到宇治找浮舟。夜晚摸黑模仿薰的聲音，進入浮舟的寢室，成就好事。

等到浮舟發覺有異之後，木已成舟。浮舟後來陷入腳踏兩條船的窘境，百思無法得到解決的方法，最後投身宇治川，意圖一了百了。不意，被路過的橫川僧都所救。被救醒後的浮舟，為了斬斷愛慾世界的情緣，要求僧都為她剃度出家為尼。

以上是《源氏物語》裡主要女性的大致情形。紫式部筆下的女性，各具特性，除了浮舟，都對源氏有著或多或少的影響。《源氏物語》之所以精彩，無疑的是眾多女性與源氏共同編織的她們的人生。

平安朝貴族社會的結構

《源氏物語》雖說是虛構的故事，然而，作者紫式部以其所處時代背景為基礎，應無疑義！

因為〈桐壺〉卷裡提到：

「這陣子皇上朝夕御覽亭子院繪製的〈長恨歌〉繪卷。」

這裡所說的「亭子院」，指的是歷史上確有其人的宇多天皇。宇多天皇在位期間是從仁和三年（八八七年）到寬平九年（八九七年）為止。讓位醍醐天皇之後，住在亭子院或宇多院的別墅。不直呼其名，而以其住處稱呼，因此，稱宇多上皇為「亭子院」。

另外一處是：

「這時候有高麗人來日本，皇上聽說其中有一位看相非常精準。宇多天皇曾有外國人不得入宮的遺誡，皇上只得悄悄派遣小皇子到高麗人住宿的鴻臚館。」

引文中的「宇多天皇的遺誡」指的是「寬平之御遺誡」。

從上述二則推斷，《源氏物語》的創作背景應是歷史上醍醐天皇在位期間，從八九七年至九三〇年之間。

介紹平安朝貴族的社會結構，相信對《源氏物語》的了解與認識，應有相當的幫助，增加閱讀的樂趣吧！

女御與更衣、御息所是什麼？

〈桐壺〉卷開頭：

「不知哪一朝天皇的時代，有一個深受天皇寵愛的女人。後宮裡有許多侍候天皇的妃子，叫女御、更衣，都各自分配有自己的住處。」

「女御」是親王或大臣的女兒，「更衣」則是大納言以下的女兒。女御，官階三位；更衣，四位以下。妃子的地位依父兄的勢力而決定，天皇依此定妃子的序列，政治上不至於出現問題。

皇后，亦稱中宮，是從女御當中選出來的。皇后與天皇同列，女御與更衣則為臣下，與皇后的待遇、權力相差甚遠，真是不可同日而語！

皇后，有女御因父兄勢力強大而晉升的，也有因為是皇太子之母，或為天皇之母而自然產生的。

《源氏物語》中桐壺帝未冊立皇后，意謂著貴族之間尚無掌握壓倒性權力者，相對的天皇的發言權還十分強大。桐壺帝三千寵愛集於身分低的桐壺更衣，不顧大臣們的反應，雖說是前世的因緣，另外也因為有著上述背景的關係。

桐壺帝的女御藤壺，後來升為中宮，地位與皇后相同；而最初入宮的弘徽殿女御，因所生皇太子即位（朱雀帝），順理成章成為皇太后。制度上，皇后雖與皇太后同列，習慣上較尊重母親，皇太后的發言權自然勝過皇后。

朱雀帝並無皇后，本來尚侍朧月夜（弘徽殿女御之妹），藉著皇太后的勢力應可被立為后，因與源氏有私交而暴露了，終究與皇后地位無緣。

皇后對「受領」以下的地方官有推薦權，任用上也有很大的發言權，可使用於地方莊園的經營與運用方面，因此，貴族們無不熱心想盡辦法讓子女登上后位。

此外，社會上的待遇，諸如：室內裝飾、乘坐的交通工具、隨從的人數、隨行者的身分、行頭等皆不同，在在皆顯示出身分的高貴，可說光耀門楣呀！

御息所，則是對生下皇子或皇女的女御、更衣的敬稱。桐壺更衣生下光源氏之後，《源氏物語》中亦稱「御息所」。這是比較日式的稱呼。

至於更衣，出自中國，本為替皇帝更衣、照顧生活起居的女官名稱。女御則為日式說法。

皇帝的妃子人數眾多，大抵上以她們居住的殿名稱呼，如弘徽殿女御、桐壺更衣。

距離皇帝住處清涼殿最近的住處，賜給娘家最有勢力的妃子。《源氏物語》作者紫式部侍候的彰子中宮，由於有父親藤原道長的強大後盾，無人能與之並肩，賜住藤壺殿。

而光源氏的母親桐壺更衣，由於出身低微，賜住距離清涼殿最遠的東北隅的淑景舍（通稱桐壺殿）。

皇后與上皇

女御與更衣，能否獲得皇帝的寵愛，固然重要；但最重要的是能否生下皇子。

《源氏物語》裡的花散里的姐姐，麗景殿女御未生子，桐壺帝逝世後很快被世人淡忘，度過餘生！

中國歷史上，皇帝一旦讓位後，一般來說即無實權；日本歷史並非如此，天皇退位依然擁有實權。宇多天皇早早讓位，應是準備發揮上皇的有利條件吧！

一條天皇的父親圓融上皇，也常介入政治運作。

《源氏物語》裡桐壺帝讓位後稱桐壺院，依然有著強大的發言權。冷泉帝知道源氏是自己的親生父親後，也想讓位給源氏。

藤壺女御在冷泉帝當皇太子之前即晉升為中宮，這是特例。難怪皇太子的母親弘徽殿女御生氣。這應是桐壺帝考慮到自己的兒子雖有皇族的母親藤壺女御，無有實力的外戚可做奧援，為了鞏固他的勢力所做的安排。

等到桐壺帝駕崩之後，憑藤壺中宮一己之力無法對抗弘徽殿女御，於是捨中宮之位出家為尼，表示完全退讓，不與之爭短長之意。另一方面藤壺也擔心冷泉帝出生的祕密被挖出來。

女院

等到冷泉帝順利即位，源氏回到政界，局勢有利，已出家的藤壺中宮又回到政治圈。這時的藤壺不便繼續以中宮之名行之，遂以准太上天皇地位，稱藤壺院。

日本歷史上有前例，一條天皇的母后詮子出家後，接受准上皇的待遇，稱東三條院，是藤原道長最為倚賴的後援者。

東三條院逝世時間，與紫式部之夫藤原宣孝同一年，為西元一〇〇一年。紫式部服夫之喪，與朋友之間亦有哀悼女院逝世的和歌贈答。甚至有朝臣在日記裡批評東三條院的專權，可見東三條院介入政治之深。

《源氏物語》中藤壺院也有展現強勢態度的時候。秋好中宮入宮一事，本是朱雀院再三的要求，以年齡而言，朱雀院的確也比冷泉帝適合。然而，源氏不希望秋好委之於已退位的朱雀院，於是將她送入冷泉帝的後宮，希望藉她之力與權中納言之女的弘徽殿女御相抗衡，以強化自己的勢力。這件事獲得藤壺院的支持，她表現得極為強勢，與過往柔弱的形象判若二人。

有趣的是，《源氏物語》中對已出家的藤壺院，依然稱藤壺中宮。已逝的清水好子教授提出紫式部極重視物語中人物的稱呼，以此襯托文學性效果；然而，對藤壺出家後仍稱中宮，她感到不解。

准太上天皇

《源氏物語》〈桐壺〉卷，提到：

這時有高麗人來日本，皇上聽說其中有一位看相非常精準，於是找他來為小皇子看相。相士看了小皇子的面相，大為驚訝，頻頻歪頭注視小皇子的臉感到不可思議，說道：

「我看這孩子的相貌，應該是可以當一國之君。只是要是當了國君，國家恐會發生動亂，人民受苦。要是當朝廷柱石，輔佐天下政治之相看待，卻又與相貌不符。」

要是當天皇，則天下大亂；如果，當大臣或攝政，又與相貌不符。究竟是何職位？因而不解吧！

因為那時日本並無准太上天皇的職稱。有趣的是《源氏物語》之後，日本真的有准太上天皇，即小一條院。他受到藤原道長的壓迫，坐不穩皇太子之位，自請退位，但要求給予准太上天皇的待遇。

這樣的處置，應是從《源氏物語》學來的。

天皇退位之後，離開宮廷或回到自己的別墅。一般妃子們也離開宮中，回到自己的娘家。但也有受命與上皇同住的，這對妃子來說是光榮的，生活也較為安定。

《源氏物語》中，桐壺院、冷泉院與歷代上皇皆如此。然而，朱雀院雖有尚侍朧月夜一起生活，仍然覺得寂寞，希望能夠再納妃子。

尚侍，本是內侍司的長官，仕於天皇，執掌負責傳遞天皇命令和監督女官的重要職位，卻有著類似妃子的一面。朧月夜因與源氏有過交往，不便以女御之名公然納妃，任命為尚侍，於住處侍寢。

尚侍，編制二人。玉鬘出任尚侍時，平常事務委由另一人處理，玉鬘僅在有重要事時，方始入宮處理。

宮廷政治家

有力的政治家們，藉著與天皇結姻親，鞏固勢力，並與中級貴族聯手占據中央政府的主要官職，決定政策，另一方面掌握地方官的任命權，控制生產地。

那時，司行政者稱太政官，司祭祀者稱神祇官，表面上二者並列。但，太政大臣的長官，官階一位，而神祇官的長官是四位下，二者根本無法相提並論。

太政大臣，剛開始時由親王或天皇的老師擔任，如無適當人選則從缺，稱則闕官；自從任命天皇的外祖父擔任太政大臣之後，由藤原氏獨占。

《源氏物語》中，在朱雀院的外祖父右大臣（弘徽殿太后之父）擔任太政大臣之前，太政大臣是空缺的。之後，冷泉院時代由於源氏的特別考量，由其岳父、即葵之上之父，以已退休之左大臣身分擔任。接著由葵之上之兄，即內大臣頭中將依序襲位。後來源氏的嫡長子夕霧也當了太政大臣。

太政大臣空缺時，以左大臣為上，左大臣有事時，由右大臣代為處理事務。有時還有內大臣的編制。左右大臣的編制皆為一人，官階是二位。大臣之下是大納言，編制三人，正三位。其下是中納言，編制三人，從三位。大中納言是太政官的次官。

權大納言、權中納言的「權」字是「暫時、臨時」之意。權大納言，意思是應升為大臣者，暫居大納言之位之意。日本歷史，皇后定子之父道隆、兄伊周，中宮彰子之父道長，皆從權大納言晉升內大臣或左右大臣的。

《源氏物語》中，源氏從明石返京，即從權大納言升內大臣、太政大臣。之後，源氏好友頭中將，也依相同順序晉升到太政大臣。

參議，編制八人，等同中國唐朝的宰相，相當於正四位。

上達部或公卿，指的是三位以上和參議，編制十七人。

太政官之外，相當於三位的官有近衛大將、檢非違使的別當、太宰帥、彈正尹；大都由大、中納言兼任。其實，活躍於《源氏物語》舞臺的就是這不到二十人的上達部，也就是所謂「一般、普通」，加上預期可晉升大臣的年輕貴公子和大臣的兒子們。以下的人，則不受重視。

攝關政治

太政官的公卿召開會議，決定政策、人事，最後由天皇裁決。然而，天皇年幼時，由攝政掌政，天皇長大後，由關白實際掌政。關白由外戚的大臣擔任。因此，為了想掌握政權，就得想盡辦法讓女兒入宮，生下皇子，拱上皇太子之位，盡早讓他即位。

日本史書《大鏡》記載，藤源道長之父兼家，為了讓自己的孫子一條天皇盡快即位，欺騙花山天皇，硬要他退位的過程。一條天皇即位後，兼家擔任攝政與關白，這就是平安朝政權的掌握法。日本歷史上所謂的「藤原時代」，指的是藤原良房開始，到道長為止集大成，亦即從八五八年到一〇一六年，長約一百五十八年。

《源氏物語》中，源氏是冷泉帝的親生父親，又有藤壺中宮為其奧援，得以成為冷泉帝治世第一政治家。當時競爭對手的頭中將，要將自己的女兒（祖父是攝政左大臣）送入冷泉帝後宮，企圖將來掌握政權。

這時，源氏並無適當年齡的女兒可入宮，於是找來舊情人六條御息所的女兒，收為養女，以齋宮女御之名義入宮，最後成了秋好中宮，獲得勝利。

這是當時特殊的政治形態。女子入宮，如無強有力的外戚作為後援，很難出頭。如桐壺更衣，雖獲得天皇極端的寵愛，還是飽受欺凌，原因也在這裡。

中央官僚

官僚可分為中央與地方，權貴則想盡辦法讓自己人占據重要職位。雖基於律令制度，九世紀以降，適合日本國情的官僚制度進而完成。

其一為藏人所。藏人，本來是負責天皇的機密文書或訴訟事，自然常在天皇身邊，傳遞詔敕、安排臣下上奏，同時負責宮中的一切儀式。另一方面，也負責有關天皇日常的衣食住等雜事。錄用名門子弟或有才幹者擔任藏人，成了官吏的龍門。

日本歷史上，藤原氏具實力者如道隆、伊周、道長皆年輕時即擔任藏人。

藏人的總裁，稱別當，由左右大臣、大納言擔任，並非常置。

藏人頭，編制二人，大多一人從左中右弁，另一人從近衛府中將選任，屬於常設官，稱頭弁、頭中將。

殿上，指的是清涼殿的殿上，從四、五位之中擇其優者，允許上殿，即所謂殿上人。獲許上殿者，視為莫大的榮譽。

一般，從藏人頭升上參議；藏人頭的後繼者，由五位藏人中推舉。

弁，屬於左弁官局、右弁官局、少納言局三部署的弁官局，各置左、中、少弁各一人。左弁官局設中務、式部、治部、民部四省，右弁官局設兵部、刑部、大藏、宮內四省上呈文書。將太政官決定事項，傳達四省，並監督所轄各省。

近衛府守護宮中，參列朝廷的儀式，以示威儀，天皇行幸時，守衛前後是其任務。中將是近衛府的次官，長官是大將。

平安朝中期之後儀禮化，大將大致由大臣或大納言兼任，中將亦由參議等兼任為多，被視為名門子弟仕宦之官途。因此，兼任藏人頭，常選最有名望有才華的貴公子擔任。

《源氏物語》中，源氏的正室葵之上之兄，頭中將、亦即左大臣的嫡子擔任這個職位，常與源氏一起行動，這也描畫了當時政界的實際情況。

藏人多為中級貴族有希望之子弟，受到為政者的重視。紫式部的丈夫藤原宣孝及其父親為時、其弟惟規都曾被拔擢為藏人。

名門子弟被任命的另一個官職就是侍從。侍從本是天皇的秘書，但是，藏人所成立之後，實務方面由那邊負責，因此行政事務並不煩瑣，純粹陪伴天皇。薰在元服之後，即被任命為侍從。

地方官僚

地方官的最大勢力者是國守，相當於今日的縣長。事實上，未實際赴任者居多，大都由中央的貴族兼任；以紀貫之為始，《蜻蛉日記》的作者之父、紫式部之父、和泉式部的兩任丈夫、赤染衛門之夫、《更級日記》的作者之父等都實際到任地就職。

地方的國守，還分成大國、上國、中國、下國。《源氏物語》裡出現的國守，〈夕霧〉卷一條御息所（落葉宮之母）的外甥擔任大和的國守，這是大國，相當從五位上。空蟬的繼子紀伊守是上國，相當從五位下。紫式部的父親藤原為時，起初被任命為下國的淡路守，發表文章感動了一條天皇，改派為大國的越前守。

常陸、上總、上野的國守，任命親王擔任，未實際赴任，派遣次官介前往治理。

《源氏物語》裡，浮舟母親的二婚丈夫是常陸介。由於國守未赴任，由次官介管理，就性質而言，等同國守，因此，〈浮舟〉卷裡習慣上以「國守」稱呼。在東國多年，累積了巨大的財富，所以左近少將渴望當常陸守的女婿，看重的是國守的財富。

空蟬的丈夫伊予介赴任地卻未攜妻同往，回京時馬上趕到源氏住處報告。這是因為由源氏的推薦才獲得這個職位的關係。

伊予是上國，居海上交通要地，十世紀初發生過藤原純友之亂。伊予水軍之名會讓京都人發抖。

伊予介掌握海運的實權，在海上物資的運輸方面獲利不少，可想而知對源氏的經濟有所助益。

明石之君的父親明石入道曾擔任大國播磨的國守。他捨棄中央的近衛中將之職，擔任地方官，選擇實質利益。任期結束後，也不回京，繼續在當地經營，攢下龐大財富，成為地方的豪族。源氏被貶謫到明石時，入道照顧源氏生活，可見具有相當實力。

日本歷史上，扎根地方的國守，與地方的豪族、受領互相結親，以子弟為諸國官廳的官吏，向下扎根，逐漸擴張成大小不一的武士團體，構成平安朝末期取得政權的基礎。

明石入道拒絕女兒與同為受領者結為姻親，希望能和中央的貴族結婚。因此，不惜將全部財產捐贈中央，和分配給部屬，這是個特例。

大貴族的家臣

玉鬘的乳母隨丈夫太宰少貳到九州，丈夫在九州的任職地逝世，以女性的力量回不到京城。因此，其子女皆與當地人結婚定居下來。

玉鬘的乳母決定讓已在當地定居、娶了媳婦的兒子回京，並非易事。源氏獎勵其忠誠，讓她的長男擔任家司。

家司是親王、攝關大臣等公卿以上家中掌管庶務的職員，《大寶律令》①中明定的官吏，相當於從五位上。以受領為家司者居多，他們對於主子財力上的貢獻相當大。源氏的家司良清是播磨守之子，源氏流放須磨時允許播磨守出入頻繁。

家司雖是私人任命的官職，但因為直接在權勢之家勤務，對一族而言可說是打開通往飛黃騰達之路。

從政治家的角度看源氏

紫式部作為女性作家，本毋須描述政治家源氏的身影，何況，以模特兒的藤原道長而言，一般認為他既無明確像政策的政策，也沒有實施政策。

從《源氏物語》的描述可以窺見源氏自幼即服侍桐壺帝左右，所奏請之事，無一不被採納。自己推薦的人獲得晉升，因此，蒙受他恩典的人，當然對他感恩戴德。

紅葉賀之宴時，源氏位階獲得晉升，連身邊人都分享喜悅歡慶，對源氏多所感謝。

被貶須磨時，有人改變擁戴的態度，或態度不明。等到重回政界，風雲再起時，對過去落魄時疏遠或落井下石之人，雖未報復，亦採取疏遠不理的態度。

而對於甘苦相倚的人，自有相當的回報，因此，有人對自己過去的行為感到後悔。當時的侍女們認為源氏賞罰分明。

東山再起之後，成為冷泉院的股肱大臣，立下足為後世景仰的諸多功績，唯《源氏物語》中僅記載適合女性遊戲的「繪合」（繪畫比賽），由此亦可推測源氏政治上的功績。

由於有源氏的輔佐，冷泉院時代得以天下太平。

---

①西元七〇一年制定，日本古代的基本法典。

都城的治安與武力

《源氏物語》裡出現拔劍的描述只有二次。〈夕顏〉卷中，為了驅除鬼怪，源氏拔出大刀。另一個地方是〈紅葉賀〉卷，源典侍偷偷溜進去被發現時，頭中將開玩笑拔刀要嚇退她的場面。

火災方面，也只描述八宮的宮邸和薰的三條宮被燒，京城方面未見火燒的描述。

其實，那時京都市內盜賊橫行，權門武士爭鬥時起。因政治的陰謀而鼓動盜賊放火者居多，又每次政變時貴族的豪邸多被燒毀。

《紫式部日記》裡記述除夕日中宮御所，盜賊入侵，扒走侍女衣物。大臣家被盜賊襲擊事，亦時有所聞。

村上天皇遷都平安之後，九六〇年宮廷第一次被燒；之後，由於著火次數過多，一條天皇乾脆住在個人的私宅一條院，而不住到皇宮裡。

然而這些事件紫式部未曾記述，因為她沒住過皇宮，未經歷過這些事。

律令制度下，中央的常備軍事六衛府，即左右衛門府、左右兵衛府、左右近衛府。衛門府負責宮城外圍，兵衛府負責宮城內各宮門的警衛．近衛府負責保衛天皇。

衛士是從各國徵調，或徵召地方有力人士的子弟；然而，如《落窪物語》所描述，雨夜中衛門督率部下巡視，卻怠忽職守，在宮外遊玩或追隨權勢之家的行列，受到批評，之後才依規矩行事。

衛門府的下級官吏，多是賣的官；近衛府的衛士也多儀仗兵化，甚至有樂人和畫師中優秀者被採用的例子。

私人軍隊

朝廷正式的軍隊無法發揮應有的機能，權門各自擁有私人軍隊以保衛自己。京都城內雖有檢非違使廳維持治安，警力雖非形同虛設，然而，每次政變，總有武人影子的紀錄。

道長想要貶謫伊周時，聽說伊周家中隱藏精兵，不得已搜查家臣住宅，沒收武器。和泉式部之夫藤源保昌，擔任藤原道長的家司，他本身不僅武藝高強，還擁有大批訓練有素的武士。

清少納言的丈夫橘則光，在《枕草子》裡由於不會作和歌而被瞧不起。其實，他在有力的貴族那兒擔任家司，同時連同他的兒子在內，都是武藝高強的。

源賴光，他的財力足以獨立購置藤原道長新邸的所有家具用品，同時他也是擁有武力警備的受領。道長之父兼家逼迫花山院退位，帶他出家途中，源氏的武者一路暗中保護。

《源氏物語》中對這樣的背景，幾乎完全未著墨，但源氏和薰當然具有這樣的實力。〈浮舟〉卷，描寫薰知道浮舟與匂宮私通之後，下令宇治附近所有莊園的管理者都要派人到浮舟住處擔任警戒，見到可疑人物一律格殺勿論。這與常陷入沉思、自我反省的薰的形象大異其趣吧！

《源氏物語》的作者所捕捉的世界，是在權力的背後遠遠響起的刀光劍影、弓矢之聲。

平安朝貴族的一生

日本平安朝的貴族生活，與今日的我們相去甚遠。他們的一生從出生到死亡為止，歷經各種不同的人生階段，通過不同的「儀禮」。每一階段，各種「儀禮」，對他們而言究竟有何意義呢？

慶生

新生命的誕生，對父母而言意味著自己生命的延續，自然充滿希望，也懷著滿滿的期待與喜悅。

日本平安朝社會，新生命的誕生往往帶著高度的政治性與社會性的涵義。中國歷史上，母以子為貴的例子屢見不鮮，受中國文化影響很大的日本平安朝貴族社會也不例外。不會生育的妻子，自然地位低下，說不定還會被降為「召人」①。

如果能適時生下女兒或兒子，生母的地位就大大提高，不可同日而語。例如：明石之君是播磨守明石入道的女兒。源氏被貶，逃到須磨地方時與明石之君結緣。

明石之君雖受到源氏的疼愛，但因為是「受領」出身，無法擠進中央高級貴族的行列，成為源氏的正式妻子，深感不安與恐懼。

後來政局轉變，源氏獲准回京，二人的緣分本來到此為止，但因明石之君已經懷孕，二人仍然繼續維持關係。

後來，源氏獲報，明石之君生下女兒，這是源氏唯一的女兒，心中大喜。因為這個女兒將來可能入宮，生下東宮太子及眾多皇子、皇女，那麼源氏一門可能因此繁榮幾代。

所以源氏特別挑選了出身教養皆良好的乳母派到明石，在嬰兒出生第五十日時也派使者祝賀。又因明石之君由於身分低微不願入京與源氏其他妻子同住，明石入道於是在嵯峨的大堰山莊建造一別墅，接明石之君母女入住，源氏也每個月來看二次。

後來，明石之君的女兒由紫之上收為養女，成為東宮女御，明石之君得以住進六條院，與源氏其他妻妾同住，受到相當的禮遇。這是母因子貴的例子。

①平安時代侍候貴族，與主人有男女關係的侍女，位同侍妾。

那個時代，婦女生產被視為不潔。因此，後宮妃子要回娘家生產；一般臣子之妻生產時也另設產房。產房裡一切都是白色，產婦、侍女皆穿白衣，室內的裝飾也是白色的，白几帳、白畫屏風。

當時，生產對婦女而言，可是件極危險的事，因難產而死的例子不少。產婦身體衰弱，一般認為容易受到鬼怪的侵襲。因此，實施加持、祈禱等的所謂精神療法。產婦在不斷的誦經聲中獲得心靈的安慰。

產後舉行「湯殿之儀」（指的是正式的儀式）、「讀書鳴弦」[2]、「授乳」[3]等儀式。

產後第三、五、七、九日的晚上，親戚們贈送食物和衣服以為慶祝，稱「產養」。

《源氏物語》中產養的具體描述有〈柏木〉卷的薰、〈竹河〉卷的女二宮、〈宿木〉卷裡宇治的中君生兒的產養。另外，在嬰兒出生第五十天、第一百天有給嬰兒吃餅的慶祝儀式。

著袴

平安朝貴族一般在三、四歲或六、七歲舉行「著袴」儀式。〈桐壺〉卷裡對光源氏著袴儀式的盛大情形描寫得非常詳細。至於女子的著袴儀式，則有明石之姬君三歲時舉行著袴儀式，開始留長髮，到了十歲左右就長髮飄逸，長過肩部以至到腰間。

〈若紫〉卷裡，則描述過紫之上把長髮撥散開來如扇狀、隨風飄逸的情形。

女子成年時將牙齒塗黑，稱之為「齒黑」。紫之上是十一歲時塗黑的。

貴族的男子，在幼兒期或元服前，稱為「童」，髮型與服裝皆與大人不

---

② 所謂「讀書」，是讓三位紀傳讀書博士明經的博士，朗讀《史記》、《孝經》及其他經籍中的一段。「鳴弦」是鳴響弓弦，用以除魔。

③ 新生兒第一次授乳。

同，也可以到姐妹住處。光源氏元服前，桐壺帝准他隨意進入藤壺女御住處，但是元服之後，表示成年了，就嚴禁他再出入藤壺住處，為此，光源氏一下子不習慣，感到非常難過。

公卿之子，元服前，從十歲左右稱「童殿上」，允許上清涼殿侍候、見習。

天皇、皇太子、親王等開始學習漢書籍，稱為「讀書始」（即開始讀書）。光源氏七歲開始學習漢書籍。由文章博士誦玄宗皇帝注釋的《御註孝經序》，再由「尚復」④進行的儀式。

元服與著裳

平安朝貴族男子成年時舉行「元服」儀式。小孩時期的髮型稱為「鬟」，將頭髮從中央向左右分開，往兩邊的耳朵下垂，在頭部中央以絲線打結。

元服時，將結解開，剪掉部分頭髮，將髮型改變為可戴冠的成年人髮型，戴冠，穿上大人的衣服。

為舉行元服的小孩戴冠的人，稱為「冠者」。皇子舉行元服時，由大臣擔任冠者。光源氏元服時，擔任冠者的是左大臣。

由大藏卿將鬢剪開，改為大人的髮型。

貴族男子舉行元服，意味著已經成年，又有「添臥」（陪睡）之舉。所謂「添臥」，東宮、親王等元服之夜，由公卿等的女兒在旁陪睡，成為妻子。大多年紀較長。

給光源氏添臥的是左大臣的女兒，也就是葵之上，成了光源氏的妻子、正室夫人。元服的年紀，亦稍有不同，如光源氏十二歲、冷泉院十一歲，薰不喜歡元服，延遲到十四歲。元服之後，逐漸加入大人的世界，參與世間事。

相對於男子成年儀式的元服，女子的成人儀式叫「著裳」[5]。女子在十二

④複誦博士所誦內容之人。

⑤日文「裳著」。

至十四歲之間舉行著裳儀式，表示已經成年，意味著要結婚了。

著裳時需要「結腰」⑥之人，由有名望者擔任。朱雀院的女三宮著裳儀式特別盛大，由太政大臣擔任著裳。此外，還有親王八人、左右大臣、上達部、殿上人，幾乎都出席了。

一方面，表現父親朱雀院權勢之盛大，另一方面，公主降嫁源氏，也宣告今後源氏的正室，不再是紫之上，而是女三宮。

婚禮與離婚

著裳儀式完成後，緊接著就是結婚。當時女子的適婚年齡是十四、五歲。一般結婚的對象以近親為多，結婚首先考慮的條件是對方身分，因此，範圍就縮小了，最後以近親結婚者為多。

女三宮和葵之上的結婚，是皇帝一聲令下就成立的，雖然也是一種結婚的決定方式，不過，一般男女的結婚方式不是這樣的。

首先是男方送信，經常是送和歌給女方。女方收到後，先由侍女代筆回信。等到男女雙方親自書信往返之後，男方才到女方家拜訪。

剛開始是透過侍女傳話回話的，之後，再進展到當事人直接對話。說是直接，其實也是隔著「一層」——女方在簾幕的另一邊，或者是躲在屏風或几帳後邊。

等到更進一步時，女方就在身邊；然而這時男方仍然見不到女方的「廬山真面目」，因為，通常會用扇子遮住臉，看得到的可能是頭型、衣服、頭髮的下端。

可能是烏黑風貌的黑髮二根、三根露出來，絹織物的光澤、整體呈紫苑色或赤色色彩美的女方形姿。

通常是在夜晚，看到的燈火下的女方姿態。因此，衣服的摩擦聲和薰香味道，往往成了主角。

等到二人情投意合，一夜纏綿之後，翌日早晨，男方要送信給女方，稱為

⑥日文「腰結」。

「後朝之文」⑦，愈早送愈表示有誠意與熱情。

二人結合後新婚的三天，男方要排除萬難，連續到女方家過夜。例如：匂宮與中君新婚的第三天夜晚，中君及家人遲遲等不到匂宮，以為應該不會來了，不禁怨嘆埋怨的時候，匂宮冒著狂風暴雨連夜趕過來了！

這三天，男方夜晚去，翌日天未亮之前必須回去。三天結束後稱「所顯」⑧，男方不必天亮之前回去，可以待到早晨。這時，女方父母宴請親友慶祝。

平安朝實行的是「通い婚」（分居婚或通勤婚）或稱「婿取り」（入贅或招婿）的婚姻制度，即男方夜晚到女方家過夜，第二天早晨回自己家的生活方式。

要能看到女方的廬山真面目，必須結婚三夜過後。源氏婚後才知道被末摘花騙了，也是因未曾看過她的臉之故。成年女性，即使同性之間，除非感情特別好，否則也不容易見到對方的臉。

《源氏物語》中，如朝顏齋院、宇治大君決定單身過一輩子。她們不希望因為結婚而使門第受損，可以說是為了家門名譽而避免結婚。

如上述平安朝貴族結婚有一定的「儀式」，相對的離婚似乎比較簡單。如果是男方到女方家的「通勤婚」，男方不來了，就是離婚狀態。如有一段時間末摘花以為被源氏忘記了，末摘花認為是「限り」，即離婚。她的姨媽認為她已是「かけ離れる」（離婚狀態），勸她離開家到西國，末摘花並未離開家，所以並未離婚。

如果結婚後女方住到男方家，要是女方搬出去，就表示離婚了。如鬚黑與玉鬘結婚後，正室回娘家，鬚黑雖去迎接，也不回夫家，就是離婚了。玉鬘搬入鬚黑家，成了新的正室。僕人們稱原先的正室為「元正室」或「第一個正室」。

---

⑦日文「後朝の文」。

⑧日文「ところあらわし」。

疾病與治療

《源氏物語》中，生病的原因許多是精神造成的。或許與主題性意圖有關吧！

登場人物常因精神性壓力導致生病或罹患神經性疾病。桐壺更衣的疾病一般推測可能是肺結核；但與遭受到周遭強大的壓力造成精神性疲勞，不無關係。藤壺中宮的病是擔心與源氏的亂倫事件洩漏而引起的。

柏木與女三宮私通事件被源氏知道後，柏木患憂鬱症，不久終至於死亡。

紫之上一向穩坐正室之位，沒想到竟發生女三宮降嫁事，正室的位子不得不讓出來，這種精神上的打擊相當大，而紫之上的個性又隱忍不發，無發洩的出口，最後一病不起！

宇治的大君擔心妹妹中君的婚事，也生病，最後追隨父親八宮去了。

那時候的人，認為生病是受到鬼怪侵襲造成的，常採用祈禱的精神療法。鬼怪入侵的最好時機是身心衰弱時、婦女生產時就是一個好時機。

《源氏物語》中，生病時幾乎都以僧侶的修法、高僧的讀經、陰陽師的祭祀祓禊等為主。透過高僧讀經，請求佛祖保佑，獲得精神上的安定，產生元氣，恢復體力。一般認為如能在病人身邊實施，效果會更好，因此，召請僧侶到家中來，實施七日、三七日、七七日的祈禱天數。

加持僧侶往往不是只有一人，是由幾人組成的，因此，口碑好的僧侶當然忙得不可開交。

也有請醫生看病吃藥的，只是醫生也重視東洋醫學的根本精神力量，所以會注意提升病人的精神力量。

《源氏物語》中，源氏得以返回京城，重回政壇；另一方面，由於他的離開，明石之君身心俱疲。等到源氏派使者到來後，明石之君的精神為之大振。

當時的人「動不動」就想出家，為的是出家精神上可獲得安定之故。

女三宮的病也因出家後，很快就痊癒了。

老年

平安朝時代，四十歲的人算是老人了。四十歲的壽辰，算是長壽，該慶祝的。近五十，則認為餘命無多。

《源氏物語》中可以見到源氏四十之賀、式部卿宮五十之賀、朱雀院五十之賀的描述。

至於女子，從十五、六歲到二十幾歲應是青春年華，三十過後就是歐巴桑了，超過四十就是老女人了，絕非「四十一枝花」。《源氏物語》中描述的女性大都在十五、六歲到二十幾歲之間，超過三十就不適合當戀愛的對象了。

至於橫川僧都的母親母尼君已八十幾歲，以今日而言，可說是百歲人瑞了。

死亡

《源氏物語》裡描寫了幾個死亡的場面。桐壺更衣的死，葵之上的死，柏木的死等，其中，尤其是紫之上的死，面對死亡，發自內心的省思，最為深刻。〈夕霧〉卷裡所發的感慨，雖是對落葉之宮所發，其實，大病之後，面對死亡的紫之上，是針對包括自己在內的女人一生的感慨。

〈御法〉卷裡，餘命無多的紫之上，對所有的事都感到悲傷。回顧在六條院一起生活的源氏，還有源氏的幾個妾，不禁深深懷念，然而，這些人當中只有自己要踏上前方不明的那個世界，不由得被無限感慨、深深的悲傷所籠罩。

紫之上面對死亡的心理描寫雖是感性的，卻也飄散著宗教性的寂靜，靜靜地一步一步踏向死亡的人的姿態，值得特別留意。

物語中，主要人物的死亡以秋天為多。紫之上在秋風吹拂中，如霧般迅速消失了。以傷秋為背景，描述死亡的悲傷或許是紫氏部的美學吧！

不僅如此，對於不同人物的死，紫氏部的形容也不一樣。

藤壺的死，作者形容其為「如燈火熄滅」，與佛圓寂時的形容「如薪盡燈滅」（《法華經》）相同。而紫之上辭世的時候，作者說：「如霧消失般，死了！」

可見藤壺中宮在作者心目中是多麼重要的人物！

喪禮

死者的喪禮在愛宕、鳥邊野舉行。

桐壺更衣的葬禮在愛宕舉行。依十四世紀成立的《源氏物語》注釋書《河海抄》（四辻善成著）記述：「桓武天皇遷都平安城時，定此地為諸人之葬所。延曆遷都記可見。」即現在的吉田山到岡崎一帶。

葵之上的葬禮在鳥邊野舉行。鳥邊野包括清水寺以南，泉涌寺以北，西邊到鴨川，東邊包括阿彌陀峰。

那時的葬禮是在夜間舉行的。葵之上是八月二十幾日，紫之上是八月十五日清晨，天色猶暗時候。一般是火葬，屍體焚燒化為一縷輕煙升空，與雲彩結而為一，更是誘人哀思啊！

從死亡的瞬間到往生之間，稱為中陰。四十九日是滿中陰。

七七四十九日之間，每隔七天做法事。第四十九日特別念佛誦經，祈求死者能夠到極樂世界往生。

無法到極樂世界往生的人，後世到六道的哪一道去？六道是地獄、餓鬼、畜生、阿修羅、人間、天上。

服喪中，裝飾、衣服的顏色要與平常不同。依服喪的輕重，喪服分為重服與輕服。父母是重服，伯叔、妻子、兄弟姐妹是輕服。重服的顏色是黑色、鈍色。輕服是薄的鈍色衣服。服喪期滿，脫下喪服稱為「服直」⑨、「色直」⑩，那時需到河邊祓禊⑪。

---

⑨「服直」，更換衣服。
⑩「色直」，更換顏色。
⑪以水洗身，去除汙穢與邪惡。

宗教信仰、思想與生活

以平安時代為背景的《源氏物語》，可見相當多與宗教信仰有關的描述，其「迷信」的程度非現代人所能想像，以現代人的觀點，或許會覺得格格不入，甚至感到不可思議，它的背後與宗教思想、信仰有著密切的關係。

宿世思想

形成《源氏物語》的思想性骨幹是宿世思想，宿世思想的根底是佛教的三世思想，即前世、現世、來世的輪迴思想。前世之事為因，在某種緣分下以果表現於現世，亦即因緣、因果之理。

現世為中宮、或皇后、或生為內親王，皆因前世功德。如《源氏物語》中主角光源氏出生時，桐壺帝請來高麗看相人爲光源氏看相，斷定光源氏會登上帝王之位。因為光源氏擁有這樣的宿世，前世積了功德；然而，桐壺帝擔心如此一來，國家恐怕會發生動亂，生靈塗炭。桐壺帝認為如果第一皇子（即後來之朱雀院）與第二皇子（光源氏）爭奪帝位，國家之亂勢難避免，無後援的光源氏勢必難以登上皇位，於是決定將光源氏降為臣籍。

高麗看相人又說光源氏將成為國之柱石，但從輔佐天下的角度來看，他的相貌卻不像；也就是說，光源氏不會以臣下之位終其一生。即非天皇，亦非人臣，究竟是何職位？

〈藤裡葉〉卷裡爲我們解開了這個謎題，即准太上天皇。

光源氏能成為準太上天皇之因在於冷泉院的誕生，這也是他的宿世所帶來的，與藤壺之宮發生關係是宿世之罪。物語中的主要事件皆出自這種宿世思想，女三宮與柏木的不倫事件而生下薰，也是女三宮的「宿業」——儘管柏木無論才貌與地位無法與源氏比擬，女三宮仍然被柏木的熱情融化，且懷了胎兒。

明石之君成了皇后的母親，雖是住吉神明的庇護，其實是明石入道一族的宿世因果。

《源氏物語》是以宗教性思想為精神的根底，當時的信仰生活支撐《源氏物語》的世界，也貫穿物語世界的內部。

無常觀

當時支配人心的思想是佛教思想。佛教說人生無常；《源氏物語》的登場人物口中也常說「無常之世」。無常觀在登場人物中究竟深入到什麼程度？

以源氏為例，源氏三歲時母親見背，後來經歷正室葵之上辭世，尤其是父親桐壺帝逝世之後，源氏受到弘徽殿方面的逼迫，被放逐到須磨地方，嘗到人世的無常。

源氏即使處於榮華富貴的巔峰之際，也會想到盛者必衰之理，而興起道心。雖有出家的願望，每次總有俗事羈絆，受到阻礙。

一直到面對紫之上之死，源氏第一次真正想出家。功成名就之後，卻失去了最愛的人，等到悲傷的心情平靜之後，想靜靜地出家。

其次再看宇治八宮。大約是源氏被流放須磨時候，弘徽殿太后計畫廢當時的皇太子（即後之冷泉院）擁立八宮，結果以失敗結束，八宮因此墜入與榮華富貴無緣的人生黯淡路。

妻子先逝，宅邸又被大火焚燒，真是屋漏偏逢連夜雨，侍者、僕人大量求去，八宮深深體悟到人心不可信，世事無常，為了解憂，唯有勤念經祈禱修行。雖有心出家，卻記掛著二個女兒，終究無法完成出家的願望。

阿彌陀信仰

《阿彌陀經》或《觀無量壽經》描述位在西方的阿彌陀如來的淨土樣子。那裡有寶池，有蓮花。往生之人坐在蓮花上，聽佛說經。極樂往生有九個階段，《觀經》裡詳細描述。

上品上生、上品中生、上品下生、中品上生、中品中生、中品下生、下品上生、下品中生、下品下生，稱為九品往生，想往極樂世界往生要祭拜阿彌陀佛像，以像上之手拿的五色線，繫在自己手上，專心念佛無其他雜念而死，則可達成願望。

因此，臨終之際極為重要。極樂往生極為困難，即使勤於修行的僧侶，能夠極樂往生的人也很少。

《源氏物語》中，出家者以女性為多，與遭受男性好色所苦不無關係。浮舟出家與淨土信仰有關。部分男性雖有道心，僅止於觀念或情緒，未真正出家，薰與八宮由於人生坎坷多難，無常觀及向佛之心堅強。

天台宗

平安時代的佛教以最澄倡導的天台宗、空海倡導的真言宗兩派勢力最為強大。天台宗以《法華經》為根本，精修經典，窮究教理，探討佛教的根柢是為顯教。後來加上禪、戒、念佛、真言等元素的「四宗兼學」，與真言宗區別不易。

真言宗以《大日經》為根本，重視修法、加持、祈禱，是為密教。立壇、焚護摩，為現世利益祈禱。

天台宗是重視學問的佛教，屬自力門。靠自己的修行，以求得往生。勤於念佛、誦經、讀經、潔身、慎心、斷酒肉等佛道的修行。

《法華經》

天台宗的經典《法華經》，是當時貴族最相信的佛經，由於經中說女人亦可以成佛，因此擁有眾多女信徒。

《法華經》第五卷〈提婆達多品第十二、龍女成佛〉，寫到龍女變為男身，在西方無垢世界成佛。

「法華八講」是《法華經》分四日修行的法會。《源氏物語》的「法華八講」幾乎都是為追善供養而舉行的，但也有為自己積後生功德的例子。

《法華經》觀世音菩薩普門品第二十五獨立稱《觀音經》，亦有以此代表《法華經》的想法。「世音」指世間一切言語，即「觀」眾生之願，使其脫離苦惱。

雖是補陀落淨土之佛，為濟渡眾生以觀世音菩薩顯現，使脫離三毒（貪慾、瞋恚、愚痴）、七難（火難、水難、風難、杖難、鬼難、枷鎖難、怨賊難），滿足生男育女的願望。佛菩薩中最易感受到的是觀世音菩薩。

在不動、釋迦、文殊、普賢、地藏、彌勒、觀音、藥師、勢至、阿彌陀、大日、虛空藏等十三佛之中，觀世音菩薩在《源氏物語》裡，以清水觀音、石山觀音、初瀨（長谷）觀音描述。

其中，尤以大和地方、初瀨寺的觀世音最為靈驗，受王朝貴族的歡迎，貴族女性幾乎至少會到該寺參拜一次。

右近認為能與玉鬘再會，是初瀨觀世音靈驗所致；浮舟遇橫川僧都一行人，也被認為是初瀨觀音的慈悲；髭黑大將相信能得到玉鬘，是石山觀音保佑。像這樣子，觀音信仰是為了祈求現世的利益。

而藥師佛是祈求現世無病消災之佛。紫之上供養藥師佛以祈求源氏的長壽。

那時候的信仰是出生於彌陀淨土，祈求來世極樂往生，也祈求現世的利益。

《源氏物語》中常見修法、加持、祈禱是為了祈求現世的利益。

加持、祈禱

本來，天台宗是學問性的顯教，而真言宗是為了現世利益的密教。以東寺為據點的真言宗之密教，稱為東密，而叡山的天台宗稱為台密。叡山的天台宗依貴族的請求，加上與現世利益結合的加持、祈禱，因此演變成帶有祈禱的佛教色彩，與真言宗無異。

《源氏物語》中除了祛除附在病人身上或產婦身上的「物の怪」（怨靈）外，也實施修法、加持、祈禱等方法。有加持僧專門祛除讓人生病的靈怪。天皇及貴族間都聘請加持僧護持，有的還有特定的祈禱師，遇生病或不祥之物附身時即祈禱予以驅除，如橫川僧都爲薰的祈禱師之一。又，天皇或國家有大事時，築壇修法、焚護摩以消滅罪業。

《源氏物語》時代的佛教，密教的現世利益深入當時的貴族生活，相信修法、加持、祈禱等法力。

密教的本尊，梵語是摩訶毘盧遮那，日本人譯為「大日如來」，即過去、現在、未來，上下四方無所不在之佛。

神道思想

日本固有的信仰是神道，祭祀皇室的祖先，有伊勢大神宮、賀茂、石清水、春日、住吉等神社受到尊崇。

所謂「本地垂迹」是一種神佛融合的思想，例如在本地（印度）的大日如來，在日本以天照大神的姿態出現，即將日本古來的神明與佛結合的觀念。住吉明神也是神佛融合的其中一例，在本地的印度是大威德明神。而明石入道雖然皈依佛道，也受到住吉明神的保佑。

伊勢、賀茂、石清水、春日、住吉等著名神社的祭禮，極為盛大。其中，尤以賀茂的葵祭最有名。當時所謂祭，指的就是葵祭。大家將葵葉和桂葉插在衣冠和車簾上，所以稱葵祭。

神道忌汙穢，為了洗淨汙穢而實施的儀式叫修禊。大嘗會是天皇實施的修禊。齋宮、齋院的修禊叫御禊。

齋院與齋宮

所謂齋院是稱侍奉賀茂神社的未婚內親王。天皇登基時挑選，一般侍奉期間是天皇的那一代。

選出齋院後，天皇派使者到賀茂上、下二院宣告，在宮中選擇適當地方作為齋院住所。這叫做初齋院。進入初齋院之前，需到賀茂川淨身，稱為「初次修禊」①。

進入初齋院的齋院，需做三年的潔齋，第三年的四月，做第二次的修禊。賀茂祭當日，齋院才進入賀茂神社，參與祭事。

齋宮是侍奉伊勢大神宮的未婚皇女。天皇即位時即選定齋宮，第一次修禊後，進入宮中的初齋院。到第二年的七月在這裡潔齋，八月上旬進行第二次潔齋，之後進入嵯峨有棲川的野宮。第三年九月才到伊勢，當天天皇出太極殿，

① 日文「初度の御禊」。

親自為齋宮梳理頭髮，稱為「別れの櫛」②。梳子是用黃楊木做的，長約五公分。齋宮乘轎子出宮中時，絕不可回頭，由百官恭送。

春日明神、住吉明神

春日明神是藤原氏的氏神，因此，奈良的春日神社的祭祀受到重視。京都的大原野神社的社殿仿春日神社建造，祭祀春日明神。〈行幸〉卷，玉鬘以源氏女兒的身分入宮，或許是因為玉鬘是內大臣、前頭中將藤原氏的女兒的緣故吧！

住吉明神是海神、航海之神。住吉明神啟示應幫助流放須磨的源氏。《源氏物語》中是明石入道一族的守護神。源氏回京後，參拜住吉明神還願。明石之君看到源氏從京都往大阪住吉神社參拜的盛大行列，不禁讚嘆也感到自卑，向住吉明神祈求希望自己的女兒有美好的未來。

陰陽道、宿曜道

發生天變地異的大事時，陰陽道、天文道、易學博士需要上奏天皇。陰陽師屬中務省陰陽寮，編制六名。另有陰陽博士一名。他們基於陰陽五行之說占卜，或有關天文、曆數、卜筮等以定吉凶，目的是招吉祥，避禍害。例如著裳日挑選吉日。

物忌（ものいみ）

物忌是指有凶事前兆，或身上有汙穢時，陰陽道認為是禁忌，需謹慎行事。

種類繁多，認為如果不遵守會遭遇不幸。

物忌期間，依陰陽師的指示，或閉門謝客，不接收書信，也不奏樂，不改

---

② 離別的梳髮。

變住家，過著謹慎的生活。

物忌期間避免與人來往，不自由處甚多，但也有人反過來利用的，例如：薰和匂宮以物忌為藉口滯留宇治。

陰陽道尊重的神是天一神，司戰鬥、支配吉凶。又因立於天之中央，又稱中神。十六天在天的中央，從天下到地上，在四方各待五天，在四隅各待六天，共四十四天，稱遊八方。祂遊行的方角是禁忌，人不可以到那方角去。

因遊行長達五、六天，稱長神。要是非到天一神去的方角不可時，先住宿到別方角的人家，再到目的地，稱之為「方違」（方違え）。方違時，如有數處住宅，可住到別宅，或借住朋友家。

厄年，厄運之年。一般是十三歲、二十五歲、三十七歲、四十九歲、六十一歲、八十五歲、九十九歲。三十七歲特別是女性的大厄年，稱為重厄。

藤壺是三十七歲的厄年逝世的，紫之上也是三十七歲辭世。八宮死於六十一歲的厄年。

為了想平安度過厄年，需常實施陰陽道的祭祀或修禊。

平安朝侍女、乳母的角色與影響力

「女房」，侍女的作用

在平安朝大臣的日記裡可以看到，大臣心情鬱悶想出去散散心，可以乘車或騎馬到嵯峨野賞秋花，到宇治川納涼、賞月，到北山、東山賞櫻花，到大堰川獵紅葉。對男性貴族來說，外出散心、觀賞風景等都不是困難的事；可是對貴族的女性來說，可是件不能輕易做到的事。要是偶爾能夠站在都城的大路上觀看祭典，或者到寺裡進香，就是特例了。

如果是皇后外出，行列必然盛大。沒有皇上的允許，也是輕易不能外出的。至於想離開都城，幾乎是不可能的。對她們來說，東國或西海，根本與天涯海角無異。

尤其是貴婦人，隱居深窗內，躲在屏風或几帳內，連接近陽光的機會都不多。如〈若菜〉（上）裡女三宮不小心被柏木等的貴公子窺見身影，因此代替她們行動的一大部分是「女房」（即侍女）。以免受到責難，說她的舉止不像公主。

《源氏物語》的場景從宮中轉移到宇治，八宮官邸不可少的宇治川景觀、比叡山麓小野的村子，或者須磨、明石海邊的住家，對當時的讀者——《源氏物語》主要的登場人物：天皇、皇子、攝關大臣、左右內大臣等都是當時日本最上層的人物，讀者的身分也與此相差無幾——而言，已經是不容易見到的世界了。至於玉鬘生長的筑紫國（今福岡）太宰府，或浮舟生活的常陸國（今茨城縣）等，觀念中那是與唐土無異的遙遠地方。

《源氏物語》裡描述的空間極為廣闊，幾乎足不出戶的千金小姐怎麼辦呢？有代替她們行動的侍女，沒有這些侍女，無論如何是不行的。

侍女的階級高低

侍女，也有階級高下之分。部分侍女還是中、下級貴族出身的，這與我們觀念中的侍女的地位，不同處甚多。

侍候天皇貴族家的侍女，有自己的房間，稱「曹司」或「局」。高階侍女，有的還有自己所屬的侍女。

侍候天皇的有上侍女（上の女房），與女官不同，照顧天皇的私生活，大都是天皇母方家準備的。

皇后、女御、更衣各有侍女，都是從娘家帶過來的。上侍女中有兼侍候中宮的，或帶官職的女官。如有女兒入宮為妃，選派侍女是件大事。

一般貴族之家也和宮廷一樣，侍候主人、正室夫人、少爺、小姐的各有數人。

侍女的工作項目，有談話對象、應對、傳達、書信代筆、身邊瑣事的處理等，事務繁多，且性質又多屬私密性，因此，挑選適當的侍女人選是父母最關心的事。

尤其在宮廷裡，侍女還要與其他家出身的妃子交際，和朝臣往來，因此，需要善於應對進退、年輕貌美、又有教養的侍女，以及能夠管理眾多侍女的年長侍女。

侍女中，地位特殊又有勢力的是乳母。當時的習慣，小孩一出生馬上就選定乳母。親王的乳母有三人，而一條天皇有四人。

光源氏雖被降為臣籍，然而在〈夕顏〉卷可見到大貳之乳母。又在〈末摘花〉可見到左右衛門之乳母。

大貳為太宰之大貳，相當於從四位下，是太宰府的次官，長官稱為「帥」。由親王擔任者往往不赴任，實質上由大貳負責實際事務。因此，大貳可說具實力，經濟能力良好，以具備這樣條件的人妻當光源氏的乳母，應該是桐壺帝的特別關懷吧！

當乳母的本身應該也有與養子年齡相當的孩子吧！這孩子稱為乳母子。有的乳母自己另外還請了乳母，哺育自己的孩子。

乳母哺乳的養子，常與己身所生的孩子形影不離，往往形成莫逆之交，比親兄弟更親的例子不少。如《源氏物語》中大貳乳母之子惟光，當源氏被貶謫到須磨時，與之同行。

年輕時，替源氏穿針引線，潛入夕顏住處，成就好事。此外，源氏得以屢次偷偷出宮，與愛慕者私會，惟光幕後的幫忙，無疑的是一大助力。

又如〈末摘花〉卷，告訴源氏末摘花的存在，替他們拉線的是左衛門乳母的女兒大輔。

最先察覺到藤壺中宮有懷孕跡象的是，照顧藤壺入浴的乳母子弁。

紫之上的乳母少納言君，在紫之上祖母逝世後，藉著源氏的力量，使紫之上得以平安度過。後來，源氏被貶謫到須磨時，臨行前將所有財產和證件託紫之上保管，可見乳母對紫之上照顧得非常周到。

不過，乳母的影響力有一定的界限，在政治方面始終沒有發言權。

儘管如此，從一些實際的例子，隱約可知是來自乳母的影響。例如：《源氏物語》的作者紫式部，其丈夫在紫式部入宮為侍女之前即已逝世，但是她的大伯家世代當藤原道長家的「家司」（家庭總管）。就在紫式部入宮前後，父親為時受到藤原道長的提拔，任命為地方的長官，她的弟弟惟規也被任命為藏人。為時還經常應邀出席道長主辦的詩文遊宴。

如上述，侍女及其家人、親戚得以進入權門之家，自然得知內情。

例如：《源氏物語》中，柏木乳母的妹妹是女三宮的乳母，柏木因此得以知道女三宮比其他公主更受到朱雀院的寵愛，更是千方百計希望能與女三宮結成連理。裙帶關係對政治勢力的擴張，自古以來即有密不可分的關係。而侍女扮演的角色與影響力，正史雖未明言，透過侍女私下的運作，其影響力或恐無法估計。

戀愛的導引

平安朝男性貴族戀愛成功的例子，往往借助於侍女的幫忙。

在當時的社會習俗、環境，公主不能輕易外出。因此，侍女就是公主的手腳、耳目。需要外出辦事時，也由侍女代行。侍女對公主而言，意義重大，有時甚至連命運也受到侍女的左右。

從日常生活起居、身邊瑣事的處理，到晚上就寢前關閉門窗等都是侍女的工作。因此，侍女如果有意讓男士進入小姐的香閨，並非難事。男士想登堂入室，一親芳澤，非先打通侍女這一關不可。

對於來訪的男士，先由侍女評估。如果獲得侍女們的好感、支持，要見心儀的小姐成功的機率就相當大。反之，困難重重！

當然，也有把侍女們自己的利益置於小姐幸福之上的。例如：宇治八宮的侍女們就是這樣子。再者，光源氏與藤壺的私會，如果不是侍女王命婦與乳母子弁的合作，是不可能成功的。

只是，王命婦讓二人結合，似乎不是出自私心，她自己也沒有罪的意識，或許真的是被二人的真情感動吧！

柏木早就暗戀女三宮，希望能與女三宮結婚。朱雀院雖也知道這件事，並未明確拒絕，讓柏木以為大有希望。哪知後來殺出程咬金——源氏，而希望落空。

後來得知女三宮被源氏冷落，出自同情，也認為有機可趁。於是攏絡女三宮的乳母子小侍從，靠著她的幫助，終於得償夙願。

只是，柏木與女三宮犯下偷情事件，後來被源氏察覺到了，柏木嚇得生病，最後一命嗚呼！女三宮也因此出家了！小侍從牽線產生的後果，未免也太大了吧！

貴族家侍女的地位

平安朝貴族似乎也有將侍女當作性慾的對象處理的例子。

宇治八宮妻子逝世後不考慮再婚，雖然耽於佛學，卻與侍女中將君生下浮舟。八宮不承認浮舟是自己的女兒，後來才演繹出浮舟夾在薰與匂宮之間難於抉擇的痛苦遭遇，為求解脫投水自盡，卻被救起，終至於出家的結果。

貴族通常不會以侍女為結婚對象。凡是與貴族有過肌膚之親的侍女，身分自然不同，高於一般侍女，稱為「召人」。即召到寢處之人。

但也有雖已肌膚之親，卻不稱為召人的。如源氏在紫之上逝世後，將侍女中將君當作紫之上的替身。有肉體關係，但不純粹是洩慾的對象。

侍女的地位無法一概而論，對主子很重要，有時影響力很大；但普遍地位低下也是不爭的事實，難怪當初紫式部並不是那麼樂意去當中宮彰子的侍女！

愛情的浪漫與現實

戀愛從窺視開始

平安朝女性極少外出，即使外出坐在車裡，也有簾幕遮住，不輕易在他人面前露臉。

在家裡，也躲在几帳或屏風後邊，不輕易讓人看到的。成年之後，即使同性也極少看到廬山真面目。

那麼男女的愛戀如何產生進展呢？

有人介紹而產生興趣的，當然也有。例如：源氏乳母的女兒大輔命婦的介紹，末摘花得以受到源氏的照顧。源氏被貶謫到須磨時，明石入道將自己的女兒明石之君介紹給源氏。還有薰介紹宇治八宮的第二個女兒中君給匂宮，結果「賠了夫人又折兵」！

其實，平安朝貴族的戀愛大部分是從「窺視」①開始的。

「垣間」本為牆垣或籬笆（牆）的縫隙，「垣間見」就是從縫隙偷窺。

《源氏物語》中藉著窺視的場面表現女性之美。女性被窺視到，大都因不小心所致。再者，同樣是窺視也有階段的不同，對毫無關係的女性，男士大概只能從建築物外邊窺視。

例如：〈若紫〉卷，源氏在北山隔著矮牆，因窗簾被風稍微掀起，得以窺視到房內十歲左右的少女若紫，正哭訴著飼養的小麻雀被女童惡作劇放走了的一幕。

又〈野分〉卷，紫之上因擔心庭院的花草被颱風摧殘，不知如何？因而走到廂房走廊邊，不巧被因擔心颱風而來探望的夕霧窺見。

紫之上是源氏的妻子，雖是夕霧的繼母，一般來說是看不到的。源氏也很在意，防範不讓夕霧看到紫之上。

颱風把房間的窗簾掀起，屏風也因風勢強大而摺疊收起。源氏不巧又到明石之姬君那兒。種種巧合加在一起才有機會讓夕霧窺視到紫之上。夕霧對這次的驚鴻一瞥，深印腦海裡久久不能或忘。

再者，〈若菜〉（上）卷有一幕是女三宮於夕陽餘暉中，站在廂房裡。

女三宮以皇女身分下嫁源氏，硬生生擠走了紫之上多年來正室的地位。

---

① 日文「垣間見」。

當時貴夫人在房間裡常坐著，豎單膝，在室內走動是膝行。女三宮為什麼會是站立著呢？而窗簾又為什麼沒有放下來呢？

原來那天是三月下旬的某一日，年輕的貴公子在前庭踢足球②。

女三宮從廂房窗簾的縫隙欣賞他們的比賽，正看得津津有味時，一隻被追趕的貓往窗外跳出去，貓身上的繩子勾到窗簾，掀起窗簾的一角，因此從外邊可以看到房內的情景。

侍女們沒有馬上察覺，碰巧几帳、屏風等的遮蔽物又被收起放在房間的角落，陰差陽錯下，女三宮的身影完全暴露出來。由於女三宮和侍女們的疏忽，使得柏木有機會窺視到女三宮，更讓柏木想得到女三宮的心更加熾烈。

女三宮頭髮烏黑，髮量茂密，身材嬌小，有氣質，面貌漂亮，全身具備當時美人的特徵，柏木早就對女三宮有意，這下一見之下，彷彿被雷電擊到，更促使他非得手不可的決心。

另一方面，柏木認為這麼偶然的機會能夠窺視到女三宮，固然是望外之喜，但也證明自己與女三宮的緣分匪淺。也是平安朝時代貴族們共有的宿世思想的另一種呈現。

其次是男子進入室內窺視到的情形。

一般都是紙拉門有縫隙，或是有破洞，或走廊的門打開了，才有可能窺視到。通常只能看到和服的袖口，從而想像女子的身影。即使身影一閃而過，大概看不到臉，因為會有扇子遮著。

那時女子生活在簾幕之中，又有几帳、屏風等遮蔽物，要窺視到是很困難的。要是看到了，是僥倖，或許也是緣分！

由於那時不容易見到女子的面容或身影，有時聽到琴音或看到筆跡就興起愛慕的情愫，甚至也有只聽到傳聞就展開情書攻勢的例子。

搏取歡欣靠媒人

戀愛能否成功，媒人往往具有決定性的作用。當時的情況，以侍女為媒人的例子最多。

---

② 即大陸歷史劇中經常可見的蹴球，從中國傳入日本成為流行。

男子想抱得美人歸，首先要巴結討好侍女。

因為，對小姐來說，侍女不只是自己的手腳，也是自己跟外界聯絡的代行者。從身邊瑣事，梳理頭髮、沐浴更衣、穿著服飾需要侍女服侍，連關密門窗、談話解悶的對象等大小事務全由侍女一手包辦。侍女的意見往往對小姐產生很大的影響。侍女對來訪的男子，會先評量，如果不及格，想要偷偷潛入小姐閨房可就困難了。

反過來說，如果能獲得侍女的支持，就成功一大半了。

侍女們如果認為男子會帶給小姐幸福，即使小姐本身不是十分滿意，也有侍女們「強迫推銷」的例子。

當然，也有侍女受到男方籠絡，認為如果和小姐結婚，也會帶給自己幸福，比較站在利己主義的想法。

浮舟身邊有右近與侍從二個侍女，右近被薰的誠懇態度感動，侍從卻被匂宮的熱情、深情所動，各有支持的對象。浮舟，夾在薰與匂宮二人之間，左右為難，不知如何是好，這也是侍女明顯影響主子的例子之一。

也有侍女被男方的真情打動，而非基於現實利益考量，不顧一切幫忙的例子。例如：源氏與藤壺中宮超越倫常的愛戀，如果沒有侍女王命婦的大力幫忙是不可能的。對源氏來說，藤壺中宮是自己的繼母，愛上繼母本就不該，有肉體關係是社會倫常所不允許的，而王命婦基於二人應是最理想的一對，超越罪意識、有如基於美學理念促成二人的私會。（物語的後續發展，源氏種下的這個「因」，產生女三宮與柏木私通生子的「果」。）

媒人，除了侍女，也有男性。

如源氏看到空蟬的弟弟小君，長得眉清目秀，猜測他的姐姐應該也長得不錯。就慫恿小君當自己的跟班，攏絡小君的心，目標則放在他姐姐空蟬身上。源氏的用心最後沒有白費，藉著小君的穿針引線，終於有了一親芳澤的機會。

另一例是源氏為了得到朧月夜，先討好朧月夜喜歡的侍女中納言君，還把和泉守的位子給了中納言君的哥哥，藉著兄妹裡應外合、通力合作之下，源氏終於達成願望。

情書攻勢

平安朝貴族的戀愛，一般是侍女將小姐的訊息傳出去，聽到這傳言對小姐有興趣的男子，馬上寫信給小姐。

從來信，依男方的誠意、身分地位加以挑選；而這挑選不是小姐本人，是父母或侍女代為挑選的。

剛開始的書信，一般也是由侍女代筆的。到了某一階段，男子到女方家拜訪，最初的一、二次也是由侍女接待、交談的。之後如果男方還熱情不減，頻頻有書信送來，再訪時才由小姐本人接待。

能夠走到這一步，算是大有進展了。

剛開始的情書是寫在有淡薄圖樣的紙上，再以紅色，或青色、紫色等顏色鮮豔的色紙繫在當季的短花枝上，連同樹枝送給女方。

情書的遣詞用字，可說費盡心機，不但要讓對方明白自己的意思，又不能讓第三者看穿。紙張不同代表的意義也不一樣，連信紙的摺疊方式也非常講究，當然，選用的樹枝也各具意義，不能隨便亂用。

當時的情書主要的是和歌。男方贈歌，女方答歌。雙方以和歌的贈答內容作為是否繼續交往的判斷依據。所以，和歌不只是文學作品，也有實際的功能。

婚姻的成立與女性等待的深怨

男女雙方論及婚嫁時，男方需連續三天到女方家，禮貌上天未亮就得離開女方家。

男方回家後趕緊寫信給女方。這裡所稱的信，一般就是和歌，稱為「後朝の文」。寫得愈快，充滿思念之情，表示愈有誠意，女方接到這樣的和歌，溫馨在心頭。

反過來說，如果遲遲接不到和歌，會很失望，覺得沒面子。男方如果不寫，對女方來說是一大侮辱。《源氏物語》中源氏無意中與末摘花結婚，第二天天未亮回去之後遲遲沒送和歌來，惹得末摘花的侍女們抱怨連連，也等得心焦，生恐源氏不送和歌過來。

當時是「一妻多妾」③，多少女性因此而忌妒、怨嘆、苦惱與無限的悔恨，因為，她們常在「等待」中度日。也因此，貴族女性被稱為「等待的女性」（待つ女）。

貴族的結婚，最重要的考慮因素是彼此的身分，年齡其次。元服時正室的年齡通常較大，物語中源氏元服時的正室葵之上年齡也大了幾歲。

為了門當戶對，貴族之間表兄弟姐妹、叔姪、姑媽與外甥的近親結婚是很普遍的現象。上流的貴族社會，為了維持權力，確保一家的榮華富貴，常採取政治性婚姻。

平安朝的貴族社會，男女戀愛過程充滿無限的浪漫，也隱藏著很大的危機。而且，一旦結婚之後，主控權完全掌握在男性手中，由於「一妻多妾」的婚姻制度造成許多女性常在等待中度日，招來無盡的怨嘆！

---

③長久以來認為是「一夫多妻」制，最近才有此說。

死亡美學

《源氏物語》到第五十二帖〈蜻蛉〉為止，出生者不到二十人，死亡者卻有四十餘人，可以窺見作者紫式部在有關死亡方面的描寫著力甚深。

源氏的愛戀無疑的是主軸，而與源氏有密切關係的幾位重要人物之死，深化了愛戀的意涵與矛盾，也使整部作品更加渾厚與多層次之感。

桐壺更衣之死——紅顏薄命，空留遺恨

第一帖〈桐壺〉卷，以桐壺更衣之死揭開《源氏物語》的序幕。

桐壺更衣是桐壺帝的寵妃，集三千寵愛於一身；但由於父親生前僅官拜中納言，以皇帝後宮眾多女御、更衣的出身背景而言，地位並不顯赫，甚至可說過於低微①。

桐壺更衣由於沒有強有力的娘家為後盾，因此，屢遭到其他妃子的奚落刁難，以至於鬱鬱寡歡，終至於一病不起，徒留桐壺帝無限的哀戚與悔恨！

桐壺帝把對桐壺更衣的愛轉移到更衣之子光源氏身上，元服儀式之盛大隆重，比東宮元服時有過之而無不及，甚至因此而引起六條御息所的不安，擔心

皇上會以光源氏取代自己的兒子東宮。

桐壺帝考量光源氏沒有有力的後援，為了他將來的安全與幸福，將他降為臣籍，賜姓源氏，種種安排都顯現桐壺帝對光源氏的厚愛。或許也可以解釋為是一種愛屋及烏的心理補償作用吧！

更衣的母親，更衣葬禮時，本來長輩可以不必送最後一程，卻執意相送的理由是：「看著這一副軀體，總是無法相信人已經死了！也許親眼看到她化成了灰，才會死了這條心吧！」

儘管已有心理準備，然而，白髮人送黑髮人，一直送到火葬場，悲慟得幾乎從車上摔下來。

夕顏之死——短暫姻緣，死於非命

有一天源氏探望住在鄉下地方的乳母，認識了寄宿鄰家的夕顏。夕顏隱瞞

---

① 歷史上以左右大臣、攝政、關白子女為多。

她的來歷，源氏也未表明自己的身分。

夕顏性格柔順，讓源氏充分享受到寧靜的樂趣。尤其是那段時間源氏追求空蟬，雖然費盡心力，依然未有大進展，身心感到俱疲的時候，夕顏的溫柔可人，撫癒源氏受創的心靈，深深擄獲源氏的心。

源氏為了享受更多與夕顏相處的二人世界的美好時光，將夕顏安置在遠離人群的舊別墅裡。哪知好景不常，某天夜裡，夕顏受到六條御息所的生靈侵襲致死。

源氏深恐醜聞外洩，以草蓆裹著夕顏屍體，準備悄悄埋葬他處，看著夕顏的柔細長髮，散逸草蓆之外，增添無限哀思。

源氏本來依侍從的建議返回家中，又想到「如果女子現在甦醒過來，看不到我在身邊，會是怎樣的心情呢？」深夜離開家，到陰森恐怖的墳場，坐在屍體旁邊等待死者回向。

源氏對夕顏之死，極為哀痛，以至於臥病在床。

葵之上之死——被舊愛的「生靈」殺死

源氏舉行元服時，左大臣的女兒葵之上侍寢，即為正室。這是一樁政治性婚姻。

葵之上是桐壺帝姪女，長源氏四歲，容貌雖美但個性剛強。兩人個性不合，感情不睦，源氏常藉故不到左大臣家。結婚十年，葵之上好不容易才懷孕。懷孕之後，源氏較常去看她，本來以為幸福的夫妻生活從此就要展開了。不意，葵之上卻因產褥而死亡，臨死前情敵六條御息所的聲音出現，是被六條御息所的「生靈」殺死的。

兩人本是源氏的舊愛與新歡，自然互為敵對，又加上爭道事件，更是新仇舊恨齊湧心頭。爭道事件源於新齋院祓禊時，六條御息所微服出行，想一睹源氏的光彩，路上碰到葵之上的座車，雙方侍者爭道，互不相讓，起了爭執。最後御息所這邊寡不敵眾，被迫退到人牆之外。等到祓禊的行列出現之後，六條御息所以充滿屈辱、怨恨的眼光注視著源氏。

葵之上臨終時，在她身旁的只有母親一人。因為那一天剛好是秋天的「司召」[2]日，父親左大臣和源氏都上朝去了。

這一年，源氏二十二歲。他為葵之上詠歌道：

「淡墨喪服顏色淺，

淚濕衣袖成深紫。」

藤壺之死——如燈灰飛湮滅

桐壺更衣死後，桐壺帝哀痛欲絕；後來因藤壺貌似桐壺更衣，迎之入宮，成了桐壺帝的新寵。

源氏聽說藤壺長得像已逝生母，逐漸生出愛慕情愫。二人年齡只相差五歲，藤壺對俊美無雙的源氏也有了男女之間的戀情，實屬自然。

源氏趁藤壺回娘家的機會，靠著侍女的幫忙得償夙願，與藤壺共宿一宿。藤壺因此而懷孕，生下一子，即後來的冷泉帝。

桐壺帝臨終前留下遺囑給朱雀院，要他善待東宮與源氏，又要求源氏為東宮的後盾。桐壺逝世後，左大臣一門受到朱雀院的母親弘徽殿太后及右大臣一門的打壓，源氏及藤壺亦無法倖免。

源氏無視於環境的惡劣，屢屢想再續前緣，藤壺都躲過了。為了斬斷源氏的念想，又不損害他的顏面與地位，在桐壺院一週年忌日法事結束，「法華八講」的最後一日，突然出家。

源氏三十二歲那一年，藤壺中宮三十七歲，在源氏隨侍下，辭世了！她的死，對源氏來說是巨大的打擊，源氏悲傷之情不敢在眾人面前表露，只能躲在邸內私設的「御念誦堂」（念經堂）內，暗自傷心落淚，竟日哭泣。他望著夕日天空，詠歌道：

「夕照山峰薄雲飄，
顏色疑與喪服同。」

②任免官吏。

柏木衛門督之死——如泡沫消失

《源氏物語》中，描寫登場人物之死的不少，然而描寫男性之死的，只有柏木。

柏木的父親頭中將是葵之上的哥哥，也就是源氏的大舅子。

柏木早就對女三宮萌生愛慕之意，柏木的乳母與女三宮的乳母是姐妹關係，柏木從小就常聽到乳母說：「我家小姐好可愛！」、「我家小姐長這麼大了！」等話語，無形中產生與女三宮戀愛的錯覺或者說幻想。

柏木在源氏的六條院蹴鞠時，無意中窺見女三宮，對女三宮的愛慕心更加強烈。六年之後，聽聞源氏冷落了女三宮，替女三宮抱不平，同情與愛憐心更加高漲。在小侍從的幫忙下得償夙願。

女三宮因此懷孕了，生下薰。

這件事，後來被源氏發現了。女三宮出家為尼，柏木嚇得生病，竟然一病不起！

柏木的父親氣宇軒昂，舉止瀟灑；然而，柏木死後，源氏之子夕霧探望他時，只見形容消損，滿臉鬍鬚，與夕霧談話之間，不禁淚流滿面。

白髮人送黑髮人，喪子之痛，恐非親身經歷者無法體會！

紫之上之死——心情如霧般消逝

葵之上逝世後，紫之上穩坐源氏正室的位置。然而，就在源氏四十歲那一年的二月十幾日，皇女女三宮下嫁源氏，紫之上只能讓出正室的位子。後來女三宮生了不倫之子薰，紫之上更是默默隱忍。紫之上雖有意出家，源氏始終未能同意。身體狀況大不如前，變得體弱多病，常臥病在床。

源氏五十一歲那一年，紫之上病情急轉直下，在源氏陪伴，明石中宮握著手的情況下，如霧消逝般與世長辭。

紫之上死亡的場面寫得相當淒美，透過夕霧眼中，如此描繪紫之上：

夕霧大將眼淚盈眶，看不清東西，勉強睜開眼睛瞻仰遺容。哪知，一看之下反而無限悲傷，心神混亂。紫之上的頭髮隨意散開，髮量豐富，看來蓬鬆，絲毫不紛亂，光澤亮麗。在明亮的燈光下，紫之上的臉色白皙，又光亮。比起生前細心打扮的容貌，現在毫無知覺地隨意躺著的姿態，即使說毫無缺點，一點也不為過。

在所有妻妾中，紫之上無疑的是源氏最重視的，源氏被貶須磨期間，賴以持家的就是紫之上。源氏的一生，在紫之上逝世時，實質上也已經落幕了。接下來的〈御法〉帖，盡是源氏哀傷度日的描述。

《源氏物語》中，臨死前的遺言與情節的發展有很大的關係。例如：桐壺院的遺言引導了源氏和朱雀院；而遵從父親的遺言，促成源氏命運的開展。宇治八宮的遺言規範了大君和中君，尤其是大君的人生。

描寫主角源氏之死的〈雲隱〉，只有題目，沒有內文，是否意味著源氏之死，無法以筆墨形容？

上述幾位重要登場人物之死，與男女愛情有著密不可分的關係。

桐壺更衣之死，可說是桐壺帝的寵愛間接促成的；然而，更衣死後，桐壺帝將對更衣的愛轉移到源氏身上，化愛情為父子之情。

六條御息所是個性極為強烈的女人，容不下源氏心中的他愛，以生靈襲擊夕顏及源氏的正室葵之上。後來又以死靈糾纏紫之上。換個角度看，六條御息所何嘗不也是受害者之一呢？

《源氏物語》裡的愛情樣態，極為複雜，但也因此成就其豐富性；而死亡不但烘托出《源氏物語》中的愛與執著、矛盾，也促成源氏將愛情轉型或昇華，散發出更光輝燦爛的人性光芒，或如柏木之死作為一種贖罪或報應方式，凸顯不同的愛戀特質。

和歌及其中譯

前言

《源氏物語》裡有七九五首和歌，不可謂不多。紫式部為何在物語裡寫了這麼多和歌？這些和歌究竟具有什麼作用？或者說和歌在整部作品中，扮演著什麼角色？和歌與內文敘述之間有何關連等等，相信讀者心中不免會產生這些疑問。

現存日本最早的和歌集是《萬葉集》，成立於西元七五九年，收集奈良時代及以前的歌謠、和歌共四千餘首而成。形式以五七調為主，大都是二句或四句構成。

《萬葉集》裡有短歌、長歌①、片歌、旋頭歌、佛足石歌。它的風格是素樸、雄健、清明，多為寫實，如男性雄壯之風。使用的文字是「萬葉假名」②。

從奈良時代後半（八世紀後半）到平安時代前期（九世紀前半），是日本積極模仿中國的時代，《萬葉集》之後，和歌衰頹；另一方面漢詩、文盛行，有《凌雲集》、《文華秀麗集》、《經國集》等漢詩文的敕撰集成立。這大約一百年間，日本學者吉澤義則稱之為「國風暗黑時代」。

然而，和歌方面，直接影響到《源氏物語》的不是《萬葉集》，而是西元九〇五年成立的《古今和歌集》（以下簡稱《古今集》）。

和歌是什麼及其作用

「和歌」（やまと歌、倭歌）是相對於「唐詩」（からうた）的稱呼。日文稱「三十一文字」（みそひと文字），以中文而言稱三十一音，或許較貼近原意。

《古今集》是由醍醐天皇下令編撰，撰者紀友則、紀貫之、凡河內躬恆、王生忠岑，和歌數約一千一百首，分為二十卷。各卷主題分別是春、夏、秋、冬、賀、離別、羈旅、物名、戀、哀傷、雜、雜體、大歌所御歌。

①五／七，重複三次以上，再加七。
②借用漢字，取其音或訓，不採其意。如「國原波」讀「くにからは」。

所收和歌皆為三十一音節的短歌，然「雜體」部收有五首長歌和四首旋頭歌。又，卷二十的御歌是朝廷的「大歌所」[3]為演出製作的歌詞，有的超過三十一音節，因此，也有稍做改變的。

《古今集》最重要的二個主題是四季與戀愛。四季中，春秋各二卷，共六卷，三四二首和歌。戀歌有五卷，和歌數三六〇首，是同一主題歌數最多的。

和歌的本質是什麼？

如《古今集》，紀貫之所作〈假名序〉中說：

「大和歌是以人心為種子，從口中發出如無數葉子的東西。生活於世上之人，參與公私事情繁多，心中所思，託付於所見所聞說出來，即為和歌。」

可見和歌是以心為「主」，不是從心裡發出的，就不是和歌。

無論是在花枝間啼囀的鶯聲，或是棲息於水涯的雨蛙的咯咯叫聲，所有的生物，沒有不可以詠之於和歌的。

和歌的作用就像《古今集》〈假名序〉說：「和歌，可以不費絲毫之力，震撼天地，驚動眼睛看不見的鬼神，使男女感情和睦，安慰勇猛的武士的心。」

相對於這部分、相傳是紀淑望所作的〈真名序〉（即〈漢文序〉），原文說道：「可以述懷，可以發憤。動天地，感鬼神，化人倫，和夫婦，莫宜於和歌。」

可見日本人自古將和歌的作用看得多麼大，多麼重要！和歌，絕非純粹遊戲之器，等閒之物。

如上述《萬葉集》裡有長歌、短歌、佛足石歌、旋頭歌等，形式不一的和歌；到了《古今集》除上述旋頭歌、大歌所御歌，皆為短歌，因此，談論《古今集》和歌，不特別說明，指的就是「短歌」。

《源氏物語》的和歌，可酬酢、應答、傳遞感情

《古今集》裡的四季之歌，排列大致從詠立春開始到年底的風物。四季各

---

③ 負責在儀式中演奏音樂的政府部門。

卷，從季節到來感到驚喜的和歌開始，而以詠因季節逝去而憐惜的和歌結束。

詠春天的有一三四首，詠秋天的有一四五首，從和歌數來說，相差無幾。對照今日國人到日本觀光旅遊最盛行的季節，也是春天和秋天吧！

春天的櫻花，秋季的紅葉，各擅勝場，各有喜好擁護者。如果設題「日本的春天美，還是秋天漂亮？」恐怕呈現爭論不休的局面吧！

《源氏物語》裡的春秋之爭的開始，是第十九帖〈薄雲〉，源氏問回到二條院的齋宮女御：「春天和秋天，妳喜歡哪一個？」

這時，齋宮女御因為自己的母親六条御息所是在秋天去世的，於是選了秋天。

源氏收齋宮女御為養女，送她入宮，因此，齋宮將源氏家當作娘家。故事的發展來到第二十一卷〈少女〉，齋宮女御成為中宮，稱秋好中宮。

源氏建造六條院，依春、夏、秋、冬劃分成四町，各依季節設計庭院，栽植花木。讓心愛的女性住進四町。「春町」住的是源氏最疼愛的紫之上，而地位尊崇的秋好中宮住在「秋町」。《源氏物語》裡如下描述紫之上與秋好中宮的春秋之爭：

九月，樹葉處處染紅，秋好中宮的前庭，景色無比優美。有一天，蕭瑟秋風吹起的夕暮，中宮用硯臺的盒子，盛放各色各樣的秋天草花與紅葉，遣女童贈送紫之上。信上寫道：

「聞君喜春到庭園，
請看我家紅葉美。」

紫之上身邊的源氏說道：

「這紅葉的信，感覺被將了一軍吧！等到春花盛開時候，再扳回一城吧！」

翌年春天，紫之上春町的庭園，深綠色柳樹長枝下垂，花兒飄散香氣，芬芳無比。別處的櫻花已過盛開期，這裡的櫻花正值盛開，繞著迴廊的紫藤花，也開始綻放。岸上的棣棠怒放，倒影映入池中。水鳥成雙成對嬉戲，或銜細枝在枝葉間飛迴，鴛鴦在水波上，有如織出圖案。

紫之上心想機會來了，於是挑選面貌姣好的女童八人，分成穿著鳥與蝶衣裳二組。鳥裝的女童手持插著櫻花的銀瓶，扮蝶的女童手持插著棣棠的金瓶。……她們搭船從南町的紫之上御殿的假山開始筏行，到達秋好中宮殿前庭院時，一陣春風吹拂，瓶中櫻花，少許花瓣飄落。天色晴朗，當扮成鳥與蝶的一行女童從春霞下出現時，真有說不出的優美風情。

女童們走到寢殿的階梯下，獻上花給秋好中宮。

另一方面，紫之上委由源氏的嫡男夕霧中將當使者送信給中宮：

「隱身雜草待秋蟲，

冷看花園飛舞蝶。」

中宮御覽，嫣然一笑，知道這是那首紅葉歌的答歌。

這時中宮身邊的侍女們也不約而同說道：

「那邊春天的美麗風景，我們很難贏得過呀！」

到這裡，「春秋之爭」似乎春天贏了。源氏看來是站在紫之上這邊，也屬常理。

如上述，散文鋪陳故事的背景，描繪景物，而最重要的「人物關係及情節發展」，以「和歌」表達詠者的心意，「和歌」的出現如「畫龍點睛」，「帶動、引領」情節的發展。

如以主從地位而論，散文的寫景，是「從」，是為了以寫情的和歌為主而鋪陳的。和歌絕非「紫式部……於散文之寫景後附錄和歌」；和歌不是「附錄」，和歌才是「正主兒」。

上述引文，如無秋好中宮與紫之上的二首和歌「贈答」，散文的寫景就沒了魂魄，失去精神。

亦如唐詩以寫景始，而以寫情終。試看：大家熟悉的「白日依山盡，黃河入海流，欲窮千里目，更上一層樓。」這首五言絕句，如果沒有最後一句寫情、寫人事，這首詩，流於單純寫景，如何能傳誦千古？

當時貴族之間的酬酢，往來書信，大抵就是和歌，或以和歌為主，加上簡短附言。

又如〈桐壺〉卷，桐壺更衣逝世後，桐壺帝傷心不已，又惦念著小皇子的祖母，於是派命婦前往探望。一陣慰問之後，夜已深沉，命婦必須回宮覆命，臨行前賦歌一首贈老夫人：

「如鈴蟲聲嘶力竭，
　漫漫長夜淚不止。」
老夫人答歌道：
「鈴蟲聲嘶我聲淒，
　貴人訪添淚千行。」
和歌問答之間，充分傳遞彼此心中的感情。

《源氏物語》的和歌，也是戀愛的情書

包括源氏在內的幾個貴公子，「雨夜論女性品級」之後，源氏對出身受領家的中級貴族女性也產生興趣。

有一天留宿紀伊守家，不巧父親年輕的後妻空蟬也在這裡。夜深人靜之後，源氏終於按捺不住偷香的念頭，偷偷潛入空蟬房間，空蟬雖心中有愧，終究抗拒不了源氏的魅力，一夜纏綿。

事後源氏忘不了空蟬，在空蟬弟弟小君的幫助下，找到機會逼近空蟬；空

蟬察覺，留下薄衣，偷偷逃出房間，躲了起來。源氏寫了一首和歌：

「空蟬脫殼隱樹下，
徒留薄衣惹人憐。」④

小君將它揣入懷裡，帶到姐姐住處，將信遞給空蟬。空蟬雖追悔莫及，對源氏依然存著愛戀心，遂回信道：

「空蟬沾露隱於樹，
悄然思君淚濕袖。」⑤

如上述，源氏與空蟬皆以和歌訴衷情，這裡情書的形式就是和歌，是戀歌的一種形式。

④原和歌「空蝉の身をかへてける木のもとになほ人がらのなつかしきかな」。
⑤原和歌「空蝉の羽におく露の木がくれてしのびしのびに濡るる袖かな」。

和歌的翻譯

《源氏物語》裡的和歌，共有七九五首。值得注意的是，和歌的韻文文體與和歌之外的散文文體，在平安朝當時，是一樣的。這跟中文章回體小說，散文敘述裡引用韻文的古詩詞是兩回事。換句話說，當時的散文和韻文皆屬「現代文」，並非散文是「現代文」而和歌是「古文」。

日本最近的《源氏物語》現代語譯本，瀨戶內寂聽譯本在一九九六年出版，共十卷（講談社）。角田光代譯本在二〇一七年出版，共三冊（河出書房新社）。二者相距只有二十年。日本語言、文體的變化迅速，我想是重譯的原因之一吧！

此外，大約一百年前的日文書籍，已有現代語譯本了。例如，福澤諭吉的《勸學篇》（学問のすすめ）已有多種現代語譯本。

我翻譯和歌，大都採七言二句的方式。以現代白話文翻譯，希望能儘量傳達原和歌的「意涵」，且讓讀者閱讀無障礙。

有朋友問我，為何不採三行翻譯？石川啄木的生平唯二的短歌集《一握之砂》及《悲傷的玩具》，你不是都採三行方式翻譯嗎？

傳統的和歌跟明治時代之後的短歌，有些差異。和歌，有枕詞、緣語、序詞、季語等修飾語。

什麼是「枕詞」？

和歌的修辭法之一，大都是五音，加在特定詞上，以喚起後接詞之情緒氣氛，或輔助五七調韻律。如「あらたまの」後接「年」，「香ぐわしき」後接「花橘」，「若草の」後接「妻」。換句話說，「枕詞」後邊接的詞是固定的。

然而，平安朝的《古今集》，「枕詞」流於形式，已喪失實際的作用。

此外，緣語、歌枕[6]等和歌修辭技法，情況與「枕詞」類似。

談和歌中譯之前，先讓我們看看日本現代語譯本如何處理和歌的問題。

---

⑥ 和歌所詠特殊地方、有名場所。

近代日本作家、學者對於《源氏物語》裡的和歌，有的直接引用原文，根本不譯，如円地文子、谷崎潤一郎、永井和子等。

谷崎潤一郎於〈新新譯《源氏物語》序〉中說：

「和歌譯為散文則淪為講義，這麼說改為現代式和歌，以我的伎倆又沒把握，即使勞煩專家進行這樣的嘗試，恐怕又跟這物語世界的空氣不調和，因此，我決定刊載原作；將和歌的解釋以頭注方式處理，我希望讀者不要常常為了閱讀相當長的註解而一一停頓。」

可見和歌的現代語譯處理，對谷崎這般大文豪來說也是個難題。

其次英譯方面又如何呢？

Waley 英譯《源氏物語》對於和歌採散文說明方式。Seidensticker 英譯和歌，依井上英明之見採A韻文形式、B會話形式、C敘述形式三種。

和歌是否使用枕詞等修辭技法，翻譯成現代日文或中文的長度自然不同。如上述，枕詞等修飾詞，由於本身不具實際意義，一般現代日譯也將它忽略。所以，使用修飾語的和歌，實際的意涵較少，翻譯成中文時，字數當然相對較少。

如果中譯採固定三行形式，每行七字或以上，那麼為了湊齊字數，容易與原和歌的旨趣有所偏離，甚至不相干。這麼一來，原和歌的意旨變得曖昧或模糊，讀者不易了解。

我的和歌翻譯大致採七言二行，每首和歌皆附上原文，方便懂日文者對照欣賞，增加閱讀樂趣。必要時則稍做解釋。

試看以下例子：

〈桐壺〉帖，桐壺更衣逝世後，小皇子暫時由外祖母照顧，桐壺帝掛念皇子情況，遣使慰問，信末附著一首和歌：

「風吹宮中催人淚，
心懷幼子今何如？」⑦

---

⑦原和歌「宮城野の露吹き結ぶ風の音に小萩がもとを思ひこそやれ」。宮城野，指宮城縣仙台市東邊郊外，是萩草有名所，這裡意指宮中。小萩，指小皇子，即光源氏。

又，〈桐壺〉帖裡，源氏舉行元服儀式，左大臣之女葵之上與源氏結為夫妻，桐壺帝餽贈禮物，賜酒時隨口吟道：

「元服為君初束髮，
願二人永結同心。」⑧

桐壺帝身為源氏父親，希望新婚夫婦二人永結同心，白首偕老，道出老父的心願。而左大臣答歌是：

「真心為君繫髮髻，
但願深紫永不變。」⑨

希望源氏能善待自己的女兒，像深紫色不褪色一樣，永遠愛著女兒。贈歌與答歌的旨趣鮮明，讀者當能理解吧！

如上述，古代日本人非常重視和歌，認為和歌有著極大的作用，現實生活上和歌是重要的酬酢工具，也是男女交往的情書。《源氏物語》裡的和歌，絕非重要性低微的「附錄」，往往還是情節發展的主要帶動者。

我的翻譯儘量貼近原文旨意，以白話文譯出，有時稍做解釋，讓讀者容易了解。衷心希望讀者不要一碰到和歌就跳過去！反之，希望能放慢閱讀速度，細細品味，不辜負一千年前紫式部的一番心思！

---

⑧原和歌「いときなきはつもとゆひに長き世をちぎる心は結びこめつや」。「はつもとゆひ」。元服時，最初結髮髻使用紫色的繩組。「結び」有結髮髻與約定二意。

⑨原和歌「結びつる心も深きもとゆひに濃きむらさきの色しあせずは」。此處願深紫永不變，暗喻願源氏心不變。

文學特色

《源氏物語》是世界最早的長篇虛構小說，已有阿拉伯語、義大利語、克羅埃西亞語、西班牙語、斯洛維尼亞語、坦米爾語、中文（繁體、簡體）、德語、匈牙利語、韓語、法語、葡萄牙語、蒙古語、泰語、阿薩姆語（印度）、烏克蘭語、烏茲別克語、烏爾都語（印度）、英語、荷蘭語、奧迪亞語、泰米爾語（印度）、捷克語、芬蘭語、印地語（印度）、旁遮普語（印度）、泰盧固語（印度）、緬甸語、越南語、波斯語、葡萄牙語、立陶宛語、羅馬尼亞語、俄語、馬拉雅拉姆語（印度）等，且不斷增加中。

登場人物達四百多人，描寫源氏三代的愛憎情恨，曲折而又複雜的人生，裡頭包含紫式部自創七九五首和歌。單是這些數據，就不是一般小說所能達到的。

人性刻劃深刻、描寫突出、情節起伏跌宕、故事吸引人等一般稱讚傑出小說的常見用語，我想就不再贅述。

這一部可稱為「曠世傑作」，內容可謂「博大精深」的小說，實在難以短短數行字說得清楚的。

以下僅就個人心得，略述這部小說的幾個文學特色。

朦朧描寫法

物語，是從口頭傳承的說話、傳說演變過來的，轉化為文章時，依然留下從口傳入耳朵的特徵。類似中文的說故事，本是朗讀的作品。《源氏物語》的作者描寫景物時，不著重客觀、分析的記述，而是將作者的感情與描寫對象的氛圍同時包含的表現方式。

雖然傳達了整體的氛圍，主體與客體的區分並不明確，而是模糊的。具有這種特質的《源氏物語》的表現，日本學者稱為「朦朧描寫」。例如〈桐壺〉帖的這段文章：

秋初，有一天颳起像颱風的強風，頓感寒意侵人的黃昏時刻。皇上如往常懷念起桐壺更衣和小皇子，於是派遣叫靭負的命婦①的女官到桐壺娘家。

（中略）

---

① 靭負，衛門府武官之總稱。命婦，屬中級女官，父兄或丈夫為靭負，故有此稱。

命婦抵達更衣的娘家，車子一進門，就感受到家中瀰漫著無可言喻的蕭條、寂寞氣氛。

老夫人過著寡婦的生活，珍重養育的獨生女兒，為了不輸人面子，內外好好整修，維持體面的外觀。自從更衣逝世之後，悲傷之餘，無暇顧及，任由雜草叢生。許是寒風蕭瑟，庭院看來更為荒蕪。只有月光，連茂盛的雜草也擋不住，明朗地照射著。

上文是桐壺更衣逝世後，小皇子送回更衣娘家，暫時由祖母照顧。桐壺帝懷念小皇子，於是派遣命婦到桐壺更衣娘家探望。命婦抵達更衣娘家時看到的「門前景象」。

桐壺娘家的門口、庭院，到底長什麼樣子？我們只看到「像颱風的強風」、「月光」、「茂盛的雜草」，其他的具體事物，一概不知。

這段文章的重點不在於具體描寫桐壺更衣娘家的客觀性景觀，而是包含住在這裡的更衣母親，還有來訪的命婦的心情，以及背後桐壺帝的心情的自然。物語的作者原則上與作品中的人物合為一體，選擇以這個場面而言，「必要的自然」。其餘的，委之於讀者的想像力——這可稱為「物語」描寫的形態。

整體看來，作者似乎選擇了聽覺性事物——強風、月光、雜草。（對於小地方的描述，還是採具體說明。）

文章的節奏感

《源氏物語》的文章，除了適合朗讀，也適合默讀。《源氏物語》時代，相傳貴人之間，讓侍女朗讀物語，自己邊看以物語的場面畫成的繪卷，邊聽朗讀的鑑賞方式，這應該與散文富有節奏感大有關係吧！

實際的例子，在《紫式部日記》和《源氏物語》〈東屋〉帖裡可以見到。散文，重視節奏的特性，留存在後世長久的日本文章裡，成了傳統文章美的一種形態。

《源氏物語》有許多所謂的「名文」都是富有節奏感的。翻譯成現代日文或外文，究竟能保留多少？除了考驗譯者之外，還牽涉到《源氏物語》原文的連綿體，以及同一句子裡包含尊敬語與謙讓語的雙重敬語的特性，即使翻譯成現代日文也必須加以調整，（換句話說，這種特性減少或消失不見了！）何況是外文？

不過，現代日本作家普遍重視文章的節奏感，或許與《源氏物語》也不無關係？

和歌也是一種會話

《源氏物語》裡紫式部創作的和歌，又具酬酢、述懷、情詩贈達等的作用，從敘述到和歌，又從和歌直接接續到敘述部分。「情節」是連貫、一體的。

對當時的人而言，和歌常被當成洗練的會話使用。從和歌到敘述部分是無縫接軌。如本書〈和歌及其中譯〉中說的，和歌不是如章回小說引用古詩文那樣，也不是「附錄」，而是與前後的敘述渾然成為一體。「跳過」和歌，底下的敘述可能就接不上，或者會有所曲解。

重複說明，當時是和歌的文體與敘述的散文文體是一致的，都是當時侍女們使用的「口語文」。

（有關和歌的作用等，請參考第十章，這裡不再贅述。）

作者常跑出來發言（草子地）

一般稱《源氏物語》為世界最早的長篇虛構小說，這部名為物語的小說，一大特色是敘述者＝作者，經常露臉，跑出來說話。日文稱為「草子地」（そうしじ）。如何定義它，目前尚無決定性說法；不過，中野幸一的說法應是大家最能接受的，他說：

在物語的敘述裡，作者跑到物語的表面來，做感想、批評、說明等的直接發言部分，或者被認為作者意識到讀者的部分，稱為「草子地」。

中野幸一將《源氏物語》的「草子地」分類成說明、批評、推量、省略、傳達、強調、感動、旁觀。這部物語原則上是侍候主角的侍女筆記所見所聞，基本上是侍女的語調、口吻。如〈蓬生〉帖的末尾：

那個大貳的夫人上來京城時感到驚訝的事啦，還有侍從替小姐的幸福樣子感到高興，對自己那時沒有再忍耐的膚淺感到後悔不已等，不待問也想說，只是今天頭很痛，心煩，沒心情繼續寫下去，等以後有機會想起來再說吧！

末摘花堅守舊邸等候源氏，終於雲開見日，苦盡甘來，源氏將末摘花遷居東院妥善照顧。曾經要末摘花去服侍她女兒的末摘花的阿姨，聽到源氏的眷顧的驚訝狀，侍從侍女的高興樣子等，（作者露臉）說「今天頭很痛，心煩，沒心情繼續寫下去，等以後有機會想起來再說吧！」

這類作者露臉的地方，依統計：

第1帖 桐壺 21處　　第2帖 帚木 30處　　第3帖 空蟬 10處

第4帖 夕顔 34處
第7帖 紅葉賀 30處
第10帖 賢木 48處
第13帖 明石 31處
第16帖 關屋 3處
第19帖 薄雲 13處
第22帖 玉鬘 23處
第25帖 螢 26處
第28帖 野分 11處
第31帖 真木柱 29處
第34帖 若菜（上） 49處
第35帖 柏木 11處
第38帖 夕霧 33處
第42帖 匂宮 10處
第45帖 橋姫 14處

第5帖 若紫 15處
第8帖 花之宴 6處
第11帖 花散里 7處
第14帖 澪標 12處
第17帖 繪合 8處
第20帖 朝顔 14處
第23帖 初音 20處
第26帖 常夏 13處
第29帖 行幸 26處
第32帖 梅枝 13處
若菜（下） 33處
第36帖 橫笛 8處
第39帖 御法 18處
第43帖 紅梅 無
第46帖 椎本 22處

第6帖 末摘花 24處
第9帖 葵 20處
第12帖 須磨 25處
第15帖 蓬生 13處
第18帖 松風 18處
第21帖 少女 37處
第24帖 蝴蝶 10處
第27帖 篝火 3處
第30帖 藤袴 11處
第33帖 藤裡葉 16處
第37帖 鈴蟲 9處
第40帖 幻 13處
第44帖 竹河 24處
第47帖 總角 34處

第48帖　早蕨　6處　　第49帖　宿木　64處　　第50帖　東屋　22處
第51帖　浮舟　31處　　第52帖　蜻蛉　13處　　第53帖　手習　21處
第54帖　夢浮橋　6處。

這些表示推測、省略、批評、話題轉換等的「草子地」，顯示敘述者強烈意識到面對面的聽者所作的發言吧！

結論是《源氏物語》雖是「書寫」的物語，卻是以「說」（語り）為前提，在這種意識下進行書寫的作品。

因此，作品中尤其是登場人物之間的對話會書信往還，彼此不會以二人之間的關係互相稱呼，而是面對讀者（聽眾）以大家熟悉的職稱稱呼。例如：〈葵〉帖，葵之上逝世後，源氏留在葵之上娘家一段時日，決定參謁桐壺院，於是寫信給左大臣夫人。信上寫道：

「桐壺院多次垂詢近況如何？所以今天我想去拜見。雖是短暫外出，但想到能夠苟活到今日，不勝悲傷，心亂如麻。本想當面辭行，又恐怕徒增您的傷悲，所以就不過去了，還請您能夠見諒！」

「院におぼつかなかりのたまはするにより、今日なむ参りはべる。あからさまに立ち出ではべるにつけても、今日までながらへはべりけるよ、と乱り心地のみ動きてなむ、聞こえさせむもなかなかにはべるべければ、そなたにも参りはべらぬ。」

上文原文明顯寫的「院」即桐壺院。如果譯成「父皇」變成站在父子關係的稱呼。《源氏物語》強烈的面對讀者說話（語り，敘述）的本來特性就消失了。

同一帖稍後邊，源氏與岳父左大臣之間的對話裡也出現這樣的描述：

左大臣強作鎮定的樣子，讓人深為同情又心疼。源氏也強忍著眼淚說道：「雖說人的壽命短長不一定，是世之常情，不過，這事一旦降臨自己身上，悲傷之深實在是無可比擬的。院那邊，我會將這情形上奏，相信院也能夠體諒的！」

原文是「院にも、ありさま奏しはべらむに」。可惜以往的譯者都未能注意到《源氏物語》這一特性，譯成「小婿自當將此情狀向父皇奏聞，定能深蒙鑒察。」《源氏物語》強烈面對讀者的敘述特色消失了。

至於中文翻譯裡出現的「孩子的爸、孩子的媽」這類現代小說中父母彼此的互稱方式，《源氏物語》裡基本上是不存在的。因為，作者（敘述者）面對讀者「敘說」，而不是登場人物之間的「對話」。

對日本後世的影響

曠世傑作《源氏物語》對日本後代在哪些方面，究竟產生什麼影響？本文僅簡述部分，相信讀者也能窺其一斑！

平安朝後期物語

《源氏物語》之後，多數物語作品誕生。其中，文學史上評價較高的有《狹衣物語》、《浜松中納言物語》、《夜半醒來》（夜の寝覚）、《性別變換物語》（とりかえばや物語）。這些物語雖然極力想掙脫《源氏物語》的束縛，然而，處處可見《源氏物語》式的措辭。

以編年體撰寫的歷史物語《榮花物語》，題目名稱即模仿《源氏物語》，且事件、場面的設定處處可見《源氏物語》的投影。而以紀傳體撰寫的《大鏡》採問答形式的敘述，或許是從〈帚木〉卷「雨夜論女性品級」得到的暗示？

另一部歷史物語《今鏡》序文裡提到《源氏物語》，拿實際存在的人物與《源氏物語》的人物做比較，明顯受《源氏物語》很大的影響。

《源氏物語》繪卷

十二世紀前半的藤原隆能製作的描繪《源氏物語》的〈源氏物語繪卷〉，在美術作品中被視為至寶，現在分別保存於德川美術館與五島美術館。為了保存與品質的維持，將繪卷分割黏貼在銅板上。不只是繪畫部分，即使序文部分也非常華麗。日本二千圓的紙幣曾使用〈鈴蟲〉卷的繪卷。

此外，尾道的淨土寺保存的扇面源氏繪，還有各美術館、文庫裡的多數「源氏物語色紙」和「源氏物語屏風」。到了江戶時代有「插畫版源氏物語」，還有浮世繪的「源氏見立繪」，《源氏物語》成了庶民身邊的東西。

和歌、歌學

《源氏物語》裡有紫式部自創和歌七九五首，還引用數量相當多的《古今集》等的所謂古和歌。

一一九三年藤原俊成在「六百番歌合」（六百首和歌比賽）的評語裡說：

「不見《源氏物語》的和歌作法，誠屬遺憾！」之後，《源氏物語》成了有志於當和歌詩人的必讀之書。俊成之子藤原定家將《源氏物語》的「青表紙本」版本校定完成，賦歌一首：

春の夜の夢の浮橋とだえして峰に別るる横雲の空

嵌入「夢浮橋」。之後的歌人們，作和歌時苦心積慮既要有《源氏物語》的用詞，同時又要有新意，真是辛苦呀！大正時代的與謝野晶子作「為繪卷而作」和歌、平成年間塚本邦雄作《源氏五十四帖題詠》。從《源氏物語》裡攫取詞句，即所謂「源氏取り」作和歌、短歌的數量，可說數之不盡！

歌謠

《源氏物語》裡常出現「催馬樂」，中世的歌謠也受到影響。鎌倉武士喜愛的名叫早歌的歌謠，融入許多《源氏物語》的用詞。例如：早歌的〈源氏戀〉歌詠的是光源氏與藤壺與桐壺帝、光源氏與朧月夜與朱雀帝、柏木與女三宮與光源氏、薰與浮舟與匂宮，共四組的三角戀。又「源氏紫明兩榮花」讚美紫之上與明石之君。十六世紀的歌謠集《閑吟集》也可見「夕顏」、「夕顏之花」等取自《源氏物語》的字詞。

中世物語

中世和歌將《狹衣物語》、《源氏物語》和《伊勢物語》並列，同等重視。

鎌倉、室町的中世物語，可大分為受平安朝影響的「擬古物語」與庶民的小說「伽草子」（お伽草子）。前者，不只是受《源氏物語》的影響，根本是從頭到尾都模仿的作品。不過，對於《源氏物語》裡的人物，看法、解釋有所不同。例如：女三宮是典型的美女，與朧月夜可以媲美。又為三角戀而苦惱的女性雖然想投水自殺，最後卻與理想的戀人結合，過著幸福的日子。

後者在某些方面也受到《源氏物語》深厚的影響；故事發展的結果，與

《源氏物語》大不相同。例如：紫之上為何對不幸的婚姻生活甘之如飴？柏木為何輸給娶了年輕的女三宮的年老源氏呢？

能樂、謠曲

謠曲是能樂的詞章。或許能樂的集大成者世阿彌（一三六三－一四四三年）不是那麼喜歡《源氏物語》，直接根據《源氏物語》創作的謠曲並不多。以夕顏為主角（シテ）的有《夕顏》、《半蔀》。以六條御息所為主角的有《葵上》、《野宮》。描寫飄泊的女主角的有《玉鬘》、《浮舟》；以光源氏為主角的有《須磨源氏》；而以作者紫式部墜入地獄的有《源氏供養》。其他看似與《源氏物語》無關，言詞多取自《源氏物語》。

連歌、俳諧

從中世到近世初期，連歌師在連歌裡加入《源氏物語》的用詞，使得庶民熟悉《源氏物語》，功不可沒。他們並未熟讀《源氏物語》，然而，在大量的詩歌裡融入《源氏物語》的字詞，於日本文化的土壤裡加入了濃濃的《源氏物語》成分。

日本近世俳諧極為發達，幸田露伴的《芭蕉七部集評釋》指出芭蕉的七部集有許多從《源氏物語》擷取的文字。再者，與謝蕪村的俳句充滿了王朝的美意識，主要來自《源氏物語》。

另外，庶民之間流行的狂歌和川柳的情節也多採用自《源氏物語》。

近世小說

江戶時代承襲《源氏物語》虛構的物語為數眾多，論其規模與對一般大眾的影響，首推柳亭種彥的《偐紫田舍源氏》。一八二九年刊行，表面上時代的設定是室町時代，其實是同時代的將軍的後宮，可說是《源氏物語》的翻案小說。將光源氏改為足利光氏，桐壺更衣改為花桐，空蟬改為空衣，夕顏改為黃昏，情節發展有趣。

小金井喜美子在《森鷗外的系譜》寫道：

哥哥森鷗外給她的錢，拿去買了《源氏物語湖月抄》。母親問她：「我只看過《田舍源氏》，原作與《田舍源氏》有何不同？」

由此可知，《偐紫田舍源氏》到明治初期還廣為閱讀。

還有井原西鶴的《好色一代男》（一六八二年）的主角，是光源氏與《伊勢物語》在原業平的綜合體，作品中隨處可見引用自《源氏物語》的例子。

美術工藝

屏風、蒔繪手箱、蒔繪簞笥、蒔繪鏡台等的家具或袖子的裝束常採用《源氏物語》的場面。

人們對於美術作品常有王朝風格的感覺，這主要也是來自對《源氏物語》的印象。

近現代小說、新能樂

近現代小說受《源氏物語》影響的甚多，舉其中幾例：谷崎潤一郎的《細雪》、《夢浮橋》，川端康成的《千羽鶴》是最顯著且大家熟知的。此外，円地文子的《花散里》、瀨戶內寂聽的《甜蜜的房間》、堀辰雄的《末摘花》、立原道造的《花散里》等的作品，皆可見受《源氏物語》影響的痕跡。

再者，近代小說中也有雖然題目不見《源氏物語》的帖名或人名，但是情節或人物關係、場面設定等受到《源氏物語》啟示的也不少。如尾崎紅葉、樋口一葉、島崎藤村等的名作裡，巧妙地隱藏著《源氏物語》的世界。

三島由紀夫的《近代能樂集》有〈葵之上〉，還有〈源氏供養〉。

新作能方面有〈紫之上〉、〈夢浮橋〉。〈紫之上〉：紫之上雖與源氏有過長期的婚姻生活，其實沒有被真正愛過，她絕望傷心，致使死後無法成佛。光源氏帶著謝罪的心飄泊，最後二人相遇，確認彼此相愛，二顆心緊緊結合在一起，二人的靈魂靜靜地退場。落幕！

現代歌舞伎、新劇、寶塚歌劇

一九五一年以谷崎潤一郎的現代語譯本為底，在歌舞伎座上演《源氏物語》。後來，北條秀司腳本的〈浮舟〉、〈末摘花〉是根據円地文子的現代語譯本；二〇〇〇年大藪郁子的腳本是根據瀨戶內寂聽的翻譯本。至於光源氏這個角色，最初由十一世市川團十郎擔任演出，接著由當代的市川團十郎、孫子新之助演出，造成轟動，形成當時熱門話題。

新劇方面，在明治座、新橋演舞場，水古巴蟲子等演出北條秀司版《源氏物語》。

二〇〇〇年寶塚歌舞團演出的《源氏物語》是以《あさきゆめみし》改編的。寶塚演《源氏物語》可以上溯到一九一九年。二次戰後，一九五二年之後，每隔數年就上演。一九八一年演的是根據田邊聖子的《新源氏物語》。

電影

一九五一年大映的《源氏物語》與一九五七年的《浮舟》是較舊的。一九六六年日活的《源氏物語》（武智鐵二導演、腳本）融入歌舞伎的樣式美。二〇〇二年東映的《千年之戀—光源氏物語》將作者紫式部的現實人生與華麗的虛構世界結合，具有現代感，但也偏離原作最遠。

推理小說

一九五〇年岡田鯱彥於《寶石》，發表《源氏物語殺人事件》，國文學者的長篇推理小說，具有劃時代意義。之後，有古川薰、皆川博子、山村美紗、胡桃澤耕史、齋藤榮、和久峻三、內田康夫等都發表與《源氏物語》相關的推理小說。

清水義範於二〇〇三年發表短篇〈夕顏殺人事件〉。

漫畫、動畫

漫畫方面，有大和和紀的《あさきゆめみし》，成了暢銷書。此外，有江川達也的《源氏物語》、牧美也子的《源氏物語》（小學館文庫）。動畫，有朝日新聞製作的《源氏物語》，雖是部分，光源氏戴耳環造型，成為話題。

如上述《源氏物語》對日本後世的影響，不僅是文學，連藝能、美術、工藝等多方面，都產生很大的影響。這裡，只能舉其大端者略述之而已。影響層面之廣度與深度，其他日本文學作品恐難望其項背於萬一，而這樣的影響還持續進行！

跋語

從《源氏物語》作者紫式部的生平介紹、創作背景、物語的三部結構、宗教信仰思想……到《源氏物語》的文學特色及對日本後世的影響，為方便讀者索引閱讀而設立多項主題，並求容易了解起見，少部分內容稍有重疊，希望讀者能夠諒解，了解筆者的目的與用意。

翻譯及撰寫別冊之間，深感學識之不足，與譯筆未能充分達意，終能體會與謝野晶子二譯《新譯源氏物語》、谷崎潤一郎三譯《新新譯源氏物語》的心情於萬一！

祈方家、讀者多多指教並海涵！

解讀源氏物語

2024年10月初版
定價：平裝新臺幣320元
精裝新臺幣520元

著　　者　林水福
叢書主編　孟繁珍
校　　對　葉懿慧
內文排版　菩薩蠻
封面設計　謝佳穎

編務總監　陳逸華
總編輯　涂豐恩
總經理　陳芝宇
社　長　羅國俊
發行人　林載爵

出版者　聯經出版事業股份有限公司
地址　新北市汐止區大同路一段369號1樓
叢書主編電話　(02)86925588轉5318
台北聯經書房　台北市新生南路三段94號
電話　(02)23620308
郵政劃撥帳戶第0100559-3號
郵撥電話　(02)23620308
印刷者　文聯彩色製版印刷有限公司
總經銷　聯合發行股份有限公司
發行所　新北市新店區寶橋路235巷6弄6號2樓
電話　(02)29178022

行政院新聞局出版事業登記證局版臺業字第0130號

本書如有缺頁，破損，倒裝請寄回台北聯經書房更換。
ISBN　978-957-08-7473-0 (平裝)
EAN　471-113238-536-6 (精裝)
聯經網址：www.linkingbooks.com.tw
電子信箱：linking@udngroup.com

國家圖書館出版品預行編目資料

解讀源氏物語/林水福著．初版．新北市．聯經．2024年10月．
208面．14.8×21公分
ISBN 978-957-08-7473-0（平裝）
EAN 471-113238-536-6（精裝）

1.CST：源氏物語 2.CST：日本文學 3.CST：小說 4.CST：文學評論

861.542 113012270